浙江省社科联2006年重点课题

南戏寻踪

——南戏现代遗存考

杨建伟　编著

西泠印社出版社

作 者 简 介

杨建伟,男,1957年出生,副教授,毕业于安徽师范大学音乐系,并在浙师大研究生院修完音乐硕士全部主干专业课程。现任丽水学院艺术学院副院长,在读国内高级访问学者。是全国师范院校基础音乐理论学会理事和合唱指挥学会会员、全国中师音乐研究中心委员、教育部规划教材——全国中师音乐教材编委、浙江省中师音乐教研中心组常务副组长和丽水市音乐家协会副主席等。论文《谈“4”和“7”的巧合性》获浙江省中师音乐论文评比一等

奖、《乡土音乐的魅力》获全国师范院校科研论文评比一等奖;《松阳民间音乐“四声性”现象探究》、《汤显祖与松阳的一段琴缘》、《畲族民歌丽水调的音乐形态探悉》等多篇文章在《中国音乐学》、《中

国音乐》等核心期刊及其他刊物发表；课题《南戏寻踪》被确立为浙江省社科联2006年重点课题。参加了全国中师《音乐》教材（上海音乐出版社）、《全国手风琴考级教程》（长江文艺出版社）、省中师《音乐》选修教材（浙江教育出版社）及丽水《浙江绿谷》乡土教材的编写，编有《中师铜管乐参考教材》、《圆你音乐梦》音乐自学丛书（西泠印社出版社）、《巧学乐理知识》（西泠印社出版社）、《学校鼓号队的组织与训练》（上海音乐出版社）等教材和丛书。创作的多首歌曲、乐曲和舞曲在各级演出及比赛中获奖。曾因指挥学生获全省大中专合唱比赛一等奖和辅导学生获省大学生艺术歌曲比赛二等奖而多次被省教育厅授予"优秀指导师"。并先后获"省教坛新秀"、"音乐学科带头人"、"全国优秀教育世家"、"全国曾宪梓优秀教师奖"等称号，2000年被评为省首批"2211省名师培养对象"，同年被省人民政府授予"浙江省特级教师"等称号。

目　录

序

田耀农

南戏是宋杂剧在南方民间的戏剧表演形式应该没有什么疑义了,然而这个有着近千年历史,并在较多文献中都有记载的戏曲形式在形态上却几乎没有留下什么蛛丝马迹,甚至南戏是什么,今人也难以说清楚了。浙江丽水学院音乐系的杨建伟老师不畏艰难,毅然选取"南戏寻踪"这个题目,试图采取民族音乐学的研究方法,对南戏进行追溯式的描述,在我对这个选题多少有些迟疑的时候,杨建伟君已把厚厚的书稿送到我的面前,并嘱我撰序。通览书稿,且不论与标题的原意有无距离,能把众多浙南民间戏曲现存的乡土资料汇集整理出来已属难能可贵,杨建伟君已经做出了如此努力,实在可喜可贺。

南戏寻踪,顾名思义,所寻者南戏之踪迹也。所以,寻踪之前,首先得知道南戏为何物,此物生在何处,长在何时,什么模样。如若对要找寻的原物本身没弄明白,哪怕是该物即使出现在眼前也不知它正是所寻之物。所以,大凡找东西,首先得知道这个东西是什么模样。如若这个东西的模样已经模糊不清了,就得知道这个东西失踪前主要出现在什么地方,最好还得知道这个东西是什么时候失踪的。如此设问,或许有助于南戏踪迹的寻找。

首先,南戏是原称还是后称。南戏的原称为"温州杂剧",由于它最初是由永嘉(温州)人所作,故又称作"永嘉杂剧"、"永嘉戏曲"。把"南戏"称作"温州杂剧"始见于明中叶祝允明(1460—1526)所著《猥谈》:"南戏出于宣和(1119—1125)之后,南渡之际,谓之温州杂剧。予见旧牒,其时有赵闳夫榜禁,颇述名目,如《赵贞女蔡二郎》等，亦不甚多。”稍后的徐渭在《南词叙录》里也说：“南戏始于宋光宗朝，永嘉人所作《赵贞女》、《王魁》二种实首之。”接着又补充说：“或云宣和间已滥觞，其盛行则自南渡，号曰永嘉杂剧。”从祝允明、徐渭的记载中可见，南戏出现在北宋宣和、盛行于南宋光宗年间，然而“南戏”这个称谓却并不见两宋文献记载，目前所见最早使用“南戏”一词的是成书于元至正乙未十五年(1355)夏庭芝撰著的《青楼集》：“龙楼景、丹墀秀皆金门高之女也，俱有姿色，专工南戏，龙则梁尘暗簌，丹则骊珠宛转。后有芙蓉秀者，婺州人。戏曲小令不在二美之下，且能杂剧，尤为出类拔萃云。”在《青楼集》中，“杂剧”与“南戏”是并列使用的概念。元代的南戏主要是南方戏曲艺人表演的品种，并主要流传在南方地区；杂剧主要在北方流传，但是南方也有杂剧的流行，像芙蓉秀这样的艺伎不仅专攻南戏，由于“且能杂剧”更使之出类拔萃。从这些材料来看，南戏在14世纪中叶才有具体的记载，尽管这些文献都说南戏始于12世纪20年代的北宋，并在稍后的南宋盛行，但唯独不见宋人自己说“南戏”的事。其原因可能有三：第一，宋代时的南戏属于民间发起的不入流的庸俗之物，宋人不屑记载；第二，对南戏宋人是有所记载的，但是因种种原因，文献佚失；第三，真正的南戏盛行于元至正年间，元人考其渊源时断定始于两宋之间。从现有文献看，第三种原因可能性较大，从中国表演艺术品种的起源、发展规律看，一种艺术形式总是先有艺术实践，当其盛行之后才冠上一个名称。由此看来，南戏并非两宋之时“南戏”的原称，而是元代的后称。

其次，南戏是自称还是共称。所谓自称指的是此时此地的局内人对自己本体的称谓，共称指的是此时此地的局内人和彼时彼地的局外人对他体的共同称谓。由于从现有文献上看不到两宋有关南戏的记载，所以南戏不大可能是宋代艺人的自称；从《青楼集》的记载来看，元代的南戏已经是当时的共称了。夏庭芝在描述三个南方艺伎龙楼景、丹墀秀、芙蓉秀的艺术个性时，称前“二美”专攻南戏，龙楼景的歌唱有“梁尘暗籁”之功效，丹墀秀的歌唱则“骊珠宛转”；而婺州人氏芙蓉秀不仅戏曲（南戏）不在二美之下，由于且能杂剧，尤为出类拔萃。在夏庭芝笔下，南戏与杂剧是当时并行戏曲形式，有的艺伎专攻一项，有的艺伎则二项俱能。夏庭芝在《青楼集》里记述了元大都、金陵、维扬、武吕以及山东、江浙、湖广等地的歌伎、艺人110余人的事迹及她们在杂剧、院本、南戏、嘌唱、说话、诸宫调、舞蹈、器乐方面的才能。夏庭芝笔下的女子大多数是他同时代的人，也有的是年长于他的老艺人，这些人夏庭芝几乎都有过直接的访谈。如杂剧艺人翠荷秀，夏庭芝就说：“余见其年已七旬，鬓发如雪，两手指甲皆长尺余焉。”可见翠荷秀的主要活动年代应该是南宋末元初。如若南戏只是元代的共称，其踪迹从元代寻找或许比较容易一些了。

再次，南戏是特称还是泛称。如若南戏不是原称而是后称，如若南戏在宋代时是他称而在元代时才是共称，那么宋代或元代的南戏究竟是特称呢还是泛称？所谓特称指的是某个具体事项的专门称谓，所谓泛称指的是若干个有着共同特征事项的统称。具体到南戏上，如若是特称，南戏就是一个剧种的概念；如若是泛称，南戏就是一个戏曲的概念。事实上，在考证南戏渊源的时候，通常是把南戏作为一个剧种看待的，这就把南戏作为一个特称了。如被视为南戏滥觞的永嘉杂剧，宋代人就称之为“永嘉戏曲”，其态度是蔑视和贬低的。如宋元年间，江西南丰人刘埙就在其撰著的《永云村稿·词人吴用章传》中说：“至咸淳（1265—1274），永嘉戏曲出，泼少年化之，而后淫哇盛、正音歇”（见洛地《戏曲与浙江·第一章·戏文》）。关于这条记载，余从、周育德、金水等人撰著的《中国戏曲史略》（人民音乐出版社2003年版第63页）作了这样的评价：“这是迄今所见有关南戏的最早的一条材料，它说的是南宋咸淳间江西南丰的情况。南戏在永嘉产生的年代，应远于在此之前。至于南戏这种戏曲形态，是否只出现在永嘉（温州），在浙、闽的其他地区是否也有同样形态的戏曲艺术产生，因缺乏明确的文献记载，还属戏曲史研究者调查、探讨的问题。”但是，将南戏作为特称，并将其视为一个剧种，至少存在逻辑上的问题：第一，将南戏视为一个剧种以后，它的上位属概念难以确立，也就是说南戏是“中国戏剧”大类的一个种呢还是“杂剧”大类的一个种。第二，将南戏视为一个剧种以后，它的同位种概念难以罗列，也就是与南戏同种的其他剧种还有哪些呢。至于同“南戏”时间接近、形态相似的浙江婺剧、福建莆仙戏、梨园戏等剧种虽然被理解为“南戏的形式之一”，但毕竟是受永嘉杂剧影响后的产物，充其量是南戏的下属概念，南戏究竟是什么模样也就真的成了问题。如果抛开南戏是一个剧种的思维定式，而将其视为宋杂剧的南方民俗形式或许有利于问题的解决。从现有的文献材料来看，被视为南戏滥觞的温州杂剧同一般意义上的宋杂剧在形态上没有质的区别，充其量二者无非有着语言上的俗、雅，唱腔上的南、北不同而已。可以作这样的假设：南戏并非一个剧种，而且剧种的概念也是南戏之后、明代“四大声腔”的出现才逐渐形成的概念；南戏是用南方方言、南方音乐表演的杂剧，南宋时的永嘉杂剧是其开端，迅即在江南地区流传，由浙江扩展到江苏、安徽、福建、江西诸省，南戏也因此成为南方诸省新兴地方民间戏曲的泛称。

上述这些假设或推测的提出，已经涉及到南戏本体论考的研究范畴了。20 世纪以来，南戏作为专题研究的对象已有为数不少的专家做过努力，也取得不少成果，但现在就想把南戏说清楚怕是很难了，然而，如若一直这样论考下去，怕是等论考出个明确的结果以后，原先还存在的一点遗迹再也找不到了。杨建伟君的过人之处就在于：说不清楚的事干脆不说，先把现在还可以看到的清楚的东西说出来，以免以后看不到了才去说。民族音乐学作为学科理念和研究方法传入中国还不到三十年，然而就在短短的二十多年里，已经出现了众多重要的研究成果。民族音乐学的核心理念就是任何一种音乐现象都有其自身的存在价值，任何一种音乐现象都不是孤立的现象，而总是有其自然地理、人文历史、民族传统的必然性;民族音乐学研究的主要目的就是要阐述某音乐现象的存在价值,找出其必然性所在;民族音乐学的核心研究方法就是到音乐现象的现场去实地考察。建伟君的高明之处就在于:到南戏现象发生的实地现场,用直观可感的第一手材料说话。建伟君的成功之处在于:“南戏寻踪”这个选题占据了“天时、地利、人和”的先发优势。“天时”指的是国家对传统文化遗产的保护日益重视,对传统文化保护研究的支持力度不断加强;“地利”在于作者就生活在南戏当年盛行的浙南地区,对这个地区的自然地理、语言习俗、风土人情全都了如指掌;“人和”是指作者从事中师和高师的音乐教育工作已近三十年,在当地已经是位桃李芬芳的音乐名师了,他的学生遍及浙南乡村中小学,已经初步形成了一个地方传统音乐文化信息网络。列举这些优势意在说明建伟君做这个题目所具有的得天独厚条件,但是,由于南戏本身的年代久远及其主脉与支流盘根错节的复杂关系,描述其具体的形态和渊源远非一个专题可以胜任的,甚至连南戏之踪究竟寻到没有也还有待评说,建伟君毕竟开始了这个寻踪之旅,所以,《南戏寻踪》的象征意义要远大于其本身的学术意义,期望建伟君更好地利用现有条件,把南戏的寻踪之旅继续下去,也期望更多的学者关注南戏的寻踪和研究。

(田耀农教授系杭州师范大学音乐艺术学院院长)

写在前面

我的家乡——浙江丽水市松阳县，与温州一江相连，是浙西南最早的建制县。小时候的我，常跟着年迈的外公和小脚的外婆去村里村外看大戏，尽管不懂，却喜欢这热闹劲：那古老的戏台，那熙熙攘攘的人群，那穿着各种奇里古怪戏服的演员，那锣鼓、唱腔……开演前，我常常趴在化装间的窗外，看着演员在化装，真是太迷人、太难忘了。后来，听说演戏还有越剧、婺剧、高腔、傀儡戏之分。“文革”开始，我9岁，似乎一夜间没有了古装戏。几年后，便有了让我刻骨铭心的样板戏。

20世纪80年代我在大学读书时，知道了我的家乡是南宋时期南戏的流行区域之一，但已经没有了往日的戏曲氛围，剧团解散、戏台拆除、艺人转行，人们对不演戏似乎也没有觉得少了些什么，取而代之的是农村的改革和流行音乐的开始。南戏的家乡，至今还留下了些什么呢？

南戏，作为我国南宋时的一种戏曲现象，在中国戏剧史上留下了光辉的一页。作为当时盛行的戏曲形式，随着时间的推移，不断向四周地区流传，同时又不断与当地的地方音调结合而派生出了新的剧种及地方戏。在浙南，永嘉昆曲、平阳和剧、松阳高腔等地方戏曲在综述历史时都会冠之“源于南戏”之说，说明这些现存的地方戏都与南戏有着千丝万缕的联系。但是，由于可考证的历史标本微乎其微，因此，也给后人留下了许多考证的无奈和想象的空间，使得众多学者对南戏的兴趣和探究一直不断。当历史的空间行进到现代社会时，当年的南戏已发展到百花齐放的现代戏剧艺术形式，作为当年南戏中心地区的温州、丽水等地区，还能寻觅到南戏延展的踪迹吗？现在的戏剧形式怎样了？怀着对古老艺术和乡土音乐的好奇与喜好，我踏上了寻访南戏踪迹的路途。

但是，戏海茫茫，现代社会的各个地方戏都有着各自的特色，都有着自己的体系、名称和特点，南戏的踪迹几乎无迹可寻，于是，我开始犹豫和彷徨了。我的访学导师田耀农教授在关键时给了我鼓励和帮助，于是坚定了我出这本册子的信心。

首先，我把南戏寻踪的区域进行了划分，即以温州和丽水（古时称处州）为中心，并将温州的永嘉（南戏亦称永嘉杂剧的故乡）和平阳（温州有"瑞安出才子，平阳出戏子"之说）、丽水的松阳（松阳高腔所在地）和遂昌（明代《牡丹亭》作者汤显祖治县之地）作为四个基本点，对当地的戏曲基本情况进行调查和梳理。尽管难以周全，却也有一定的框架。其次，在南戏的故乡及周边地区进行野外调查，寻访所能寻访到的戏曲踪迹。

随着时代的变迁，戏剧的发展更加丰富多彩，各地的地方剧种如雨后春笋般涌现出来，南戏已逐渐从史书记载和戏曲舞台中淡化了。现在，原南戏的盛演之地如温州、丽水等地，由于有了南戏厚实的历史基础，戏曲活动还是十分盛行，南戏的遗留痕迹还可以寻觅。我们今天寻访南戏现象的遗存，为的就是更好地继承、保护并不断发展、创新。

在宫廷音乐逐渐衰弱，民间音乐艺术形式蓬勃兴起的宋朝，杂剧诞生了。宋杂剧的出现，标志着我国戏曲艺术的成型并逐步走向成熟。到了南宋，戏剧在以温州为中心的区域出现了繁荣的现象，有人称之为"永嘉杂剧"，这就是在我国戏剧史上十分重要的南戏。由于南戏的历史影响和后来的消逝，在戏剧史学界引来了许多学者趋之若鹜的探究，出现了仁者见仁、智者见智的局面：

南戏（southern drama）　北宋末至元末明初，即12～14世纪200年间在我国南方最早兴起的戏曲剧种。南戏有多种异名，南方称之为戏文，又有温州杂剧、永嘉杂剧、鹘伶声嗽等名称，明清间亦称为传奇。就其音乐——南曲来说，则是一种重要的声腔系统。

为其后的许多声腔剧种，如海盐腔、余姚腔、昆山腔、弋阳腔的兴起和发展的基础，为明清以来多种地方戏的繁荣提供了丰富的营养，在中国戏曲艺术发展史上具有重要意义。

——《中国大百科全书·音乐舞蹈》，中国大百科全书出版社，1989年4月

南戏　亦称“戏文”。元宋时用南曲演唱的戏曲形式。由宋杂剧、唱赚、宋词以及里巷歌谣等综合发展而成。明祝允明《猥谈》：“南戏出于宣和之后，南渡之际，谓之温州杂剧。”徐渭《南词叙录》：“南戏始于宋光宗朝，永嘉人所作《赵贞女》、《王魁》二种实首之，号曰永嘉杂剧。”一般认为是中国戏曲最早的成熟形式，对明清两代的戏曲影响颇大。剧本今知有一百七十种左右，但全本流传者仅有《小孙屠》、《张协状元》、《宦门子弟错立身》(合称《永乐大典戏文三种》)及《牧羊记》、《拜月亭》、《荆钗记》、《白兔记》、《杀狗记》、《琵琶记》等，且多经明人改编。

——《辞海·艺术部分》，上海辞书出版社，1980年2月

南戏　古代戏曲剧种。兴起于两宋之交，盛行于南宋至元末。最早产生于温州，初名“温州杂剧”、“永嘉杂剧”、“鹘伶声嗽”、“戏文”、“南曲”等，后通称“南戏”。南戏的曲调，原以“村坊小曲而为之”，无宫调、节奏，仅人们顺口可歌而已。后在流传过程中，不断发展，成为中国最早成熟的戏剧形式。今知南戏剧本238本，但全本流传者甚少。《小孙屠》、《张协状元》、《宦门子弟错立身》(合称《永乐大典戏文三种》)、《白兔记》、《琵琶记》等保持南戏剧本的基本面貌，其他多经修改。明成化、弘治以后，南戏进一步发展演变为传奇，对明清两代的戏曲影响很大。

——《中华艺术文化词典》，安徽文艺出版社，1995年10月

南戏　从北宋到南宋，随着都市经济的繁荣，政治环境的动荡，戏剧音乐的发展，在全国范围内，在广大的都市群众中间，呈现了簇新的面貌。北方有“杂剧”、“院本”，南方则有“南戏”。

“南戏”又称“戏文”、“温州杂剧”、“永嘉杂剧”。它最早产生于

北宋宣和(1119—1125)到南宋光宗(1190—1194)一段期间;最初起源于浙东温州的民间,然后渐渐流行于南宋首都杭州及全国各地。在地域上,浙东都市经济的繁荣,为戏剧音乐的发展,造成有利的物质条件。在政治上,南宋的统治者穷奢极欲的糜烂生活,越来越加重他们对人民的压榨;同时,违背了广大人民的意志,维持着苟且偏安的局面,对金人的侵略,采取不抵抗政策。阶级矛盾和民族矛盾冲击着每一个人的心灵;生活动荡,为戏剧音乐提供了深刻而丰富的内容。《南戏》就是在这样的客观条件之下,由萌芽而逐渐成长起来的。

——杨荫浏《中国古代音乐史稿》,人民音乐出版社,1980 年 8 月

南戏　南戏之渊源于宋,殆无可疑。至何时进步至此,则无可考。吾辈所知,但元季既有此种南戏耳。然其渊源所自,或反古于元杂剧。

——王国维、马美信《宋元戏曲史疏证》,复旦大学出版社,2004 年 3 月

从以上的论述可以看出,南戏与温州有着千丝万缕的关系,而且南戏不是一个剧种,而是戏曲发展史上的一段历史,一个现象。随着时间的推移,南戏已经在当地和周边地区不断地发展、衍变和成熟为各个具有独特地方特色以及相对独立的地方剧种了:永嘉昆曲、平阳和剧、松阳高腔、遂昌十番,以及各地的小戏、木偶戏等等。

永嘉昆剧

温州，浙江最重要的港口城市之一。古往今来，内连水系、外通南洋、商贾云集，民间艺术十分繁荣。自从有了“永嘉杂剧”、“温州南戏”之说后，温州（永嘉）便成了南戏学者关注的焦点地方之一。有的认为南戏产生于温州，温州是南戏的故乡；有的则不然，认为南戏的覆盖面要更广一些。但不管如何，要说南戏，必讲温州已成事实。而温州，“永嘉昆曲”与南戏后的“传奇剧昆曲”似乎更是一脉相承。因此，永嘉便成了寻访南戏的必去之处。

温州的确是一个人杰地灵的地方，一代又一代的温州人用热血和智慧肥沃了这片热土。同时，创造出了包括温州戏曲在内的极富特色的本土文化。但由于一次次的经济大潮的冲刷，温州戏曲、曲艺作为瓯越文化的重要组成部分，作为温州人文情怀的真实写照，却在一步一步地远离，温州人对熟悉的乡音——永嘉昆曲、瑞安高腔、平阳和剧、温州乱弹（瓯剧）——似乎日渐远去。

瓯剧（温州乱弹），是流行于浙江南部，以温州为中心的地方戏。瓯剧是在民间土壤上发展起来的，至今已有二百多年历史。明末清初，高腔、昆腔流行于浙南。乾嘉时，乱弹班开始盛行，班社均兼唱高腔、昆腔、乱弹腔。后又兼唱部分传自安徽的“徽调”、滩黄和时调等。在长期的融合发展过程中，逐渐形成一个具有地方特色的多声腔剧种。因为它是一个以唱乱弹腔为主的剧种，故又叫“温州乱弹”。1959 年改称“瓯剧”。

瓯剧的剧目，丰富多彩，反映题材宽广，内容大多取材于民间故事和历史题材。如《三仙粮》中的翠央多次受难，《珍珠塔》中的陈翠娥和方卿历经波折，结果都是“有情人终成眷属”。这类戏是群众最爱看的，俗称“家庭格”。历史题材的戏，大都取材于三国、水浒等小说史料。通过尖锐的忠奸斗争，揭露封建暴政，歌颂古代英雄反侵略的正义行为，反映人民爱国主义精神和反对封建统治的强烈情感，如《探五阳》中的王英在大敌当前的情况下，摈弃私仇，报效国家等。瓯剧中还有《黄金塔》、《雷峰塔》等流传民间的神话剧，反映人民对幸福生活和战胜自然的渴望。

温州昆曲是我国南方昆曲的一个流派，因流行在永嘉一带，又称“永嘉昆曲”，简称“永昆”。它与苏州昆曲基本相似，但曲调稍紧，节奏较快，其道白多用温州方言。伴奏以笛为主，其曲调古朴、轻柔、缠绵动人，抑扬快慢，按固定曲牌演唱，规定十分严格。其剧目有《琵琶记》、《雷峰塔》、《连环记》等，表演艺术上具有朴质、自然、明快等特点。

永嘉昆剧是流行在浙江东南沿海地区的四大剧种（高腔、昆腔、乱弹、和调）之一。流行地域以温州、瑞安、平阳等地为中心四向辐射，北至温岭、台州，西至丽水、松阳，南达福建省的福鼎、霞浦一带。历史上只称“昆班”。新中国成立后，多数剧种都以流行地域定名，如金华的婺剧、绍兴的绍剧、宁波的甬剧等。20 世纪 50 年代初进行剧团登记时，当时仅存的“巨轮”昆剧团划归永嘉县，因此就定名为“永嘉昆剧”，成为一个独立剧种的名称。

永嘉昆剧历史悠久，长期扎根于民间，多在乡村的庙台上演出，是城乡居民喜庆盛典、迎神社火、神诞佛事等各种民俗宗教活动必不可少的组成部分。在历代艺人的不断创造下，积累了一大批内容丰富、声腔演技富有特色的剧目。新中国成立后更有所发展，1957 年浙江省第二届戏剧观摩会演期间，由永嘉昆剧团杨银友、章兴姆演出的《荆钗记·见娘》一剧，在中国戏曲界产生了初步的影响并引起戏剧界的关注。著名昆剧表演艺术大师俞振飞先生曾有“南昆北昆，不如永昆”的美誉。名不见经传的永嘉昆剧也因此而成为知名度较高的剧种而蜚声在外。

一、历史沿革

永昆究竟始于何时，许多专家、学者，特别是温州当地的一些戏剧学者，对此进行了大量的研究和考证，但由于年代久远，资料匮乏，难以找到确切的史料依据。20 世纪 80 年代以来，研究者主要有以下三种观点：

第一种观点认为，永嘉昆曲是南戏遗音。因为温州是南戏的发源地，又是海盐腔的流行区域，必然有许多遗音、遗迹和现象遗留下来。永昆的现存剧目中，如《荆钗记》、《琵琶记》、《金印记》、《八义记》等在声腔结构和演出排场等方面，还明显地保留着古南戏的格局。尤其是在声腔方面所表现出的某些特点，如联套组合较自由，节奏疾速，没有昆山腔的“水磨”痕迹，与“体局静好”的海盐腔风格相近。从表演上看，那种古朴粗放的艺术风格也和近代发展起来的戏曲舞台艺术相去甚远。这一切都表明，永嘉昆剧从其历史渊源上说，应属于以海盐腔所演唱的温州南戏的直接继承。笔者也基本认同这一说法。

第二种观点认为，永嘉昆剧既是昆剧的一个分支，应该把它纳入昆剧兴衰的整个历史进程来进行考察。明朝末年，出现了一些“声各小变”的新品种，也就是昆剧在传播和流行中的地区化，如浙江的“宣昆”、湖南的“湘昆”、四川的“川昆”等。这些地区化了的昆剧，从其发展和衰落的阶段性进行考察，在时间上都表现出同步的迹象。如大多数地方昆剧的鼎盛时期都在嘉庆、道

永嘉昆曲《群英会》剧照

光年间，就是由于清廷解散内廷供养的戏班，大批戏曲艺人流入民间的结果，时在嘉庆五年(1800)。其他如曲牌的基本腔格，以及某些剧目的场面表现等方面，都有惊人的相似之处。如认为永嘉昆剧只是本地区的海盐腔的“遗响”，这种“同源性”就很难解释。

第三种观点认为，戏曲艺术是民族文化艺术的积淀。在历史进程中，各种文化的共生、变异、杂交、衍生等现象是一个复杂的过程，而各个历史时期中文化层的重叠、互相渗透乃至互为因果的情况也层出不穷。一个剧种的生存与发展，既需植根于本地区的土壤中吸取营养，也必须在外来的影响中不断地蜕变与更新，以求得与历史发展的进程同步。所以，上述两种观点不应相互排斥。永嘉昆剧在清末民初所进行的某些变革，也和这种观点相符。

温州是南戏的发源地，戏剧活动一直十分兴盛。明成化间，温州还是出演员的地方，叫做“戏文子弟”(明·陆容《菽园杂记》)。温州谚语则又有“瑞安出才子，平阳出戏子”的说法。

明弘治年间，瑞安还出现以文人和隐士为核心的“清乐会”，始作俑者为著名画家任道逊(《明史·任道逊传》)。嘉靖、万历年间，温州城乡的戏剧演出更见频繁，每年从元旦开始一直演到酷暑“勿为少辍”(明·姜准《歧海琐谈》)。这些零星记载虽然没有说明当时的戏剧属于哪种声腔，但属于南曲系统，大概不会有什么异议。明代温州的剧作家，基本上集中在万历、崇祯二朝。吕天成《曲品》、祁彪佳《远山堂曲品剧品》等曲目文献曾著录温籍剧作家戴子晋、涵阳子、季(李)阳春三人的作品。另据近几年

温州永嘉东宗祠古戏台

的研究，这一时期的温籍剧作家尚有赵绍鼎、王会昌、陈一球、曾凤翱、姚雅扶等人，作品约十多种。从宏观的角度看，他们都处于昆剧最活跃的年代，大批文人参与创作，从一个侧面可以证明当地昆剧班社（包括家乐）的活动相当频繁。万历年间，著名昆剧作家梁辰鱼、汤显祖、屠隆等人都曾先后到过温州，与温州文人有过交往，这与温州的戏剧活动不能说毫无关系。此外，沈沉辑本《温州戏剧题咏》中的不少观剧诗，自明末至清乾、嘉年间，所观之剧多为《春灯谜》、《燕子笺》、《桃花扇》、《绣襦记》、《精忠记》等，更可作为当地昆剧演出的明证。

乾隆中叶，温州、平阳一带还出现了演唱昆山腔和弋阳腔的"小儿班"。此后，各县城乡还建起了许多戏曲"学馆"。乾隆以后，由于乱弹的兴起，永嘉昆剧面临着激烈的竞争，曾有过短暂的衰落。观众多爱看"声色喧腾之出"。昆剧的观众只剩下了"十之三"（清梁章钜《浪迹续谈》）。近人黄一萍在其所著之《温州之戏剧》中说：道光年间，温州尚有"霭云"、"秀柏"二班，后"一死于疫，一溺于海，中断凡二十年"。此说虽无旁证可稽，但与老艺人的传言大体相符。

"同福"昆班的成立到民国 14 年以前，是永嘉昆剧的中兴时期。

"老锦绣"乱弹班是浙南地区历史较为悠久的班社，各地名优均汇聚于该班，声名颇为显赫。该班正生叶良金（艺名蒲门生）、丑角杨盛桃等为使中断 20 余年的永嘉昆剧得以恢复，会同正生徐锦富、正旦蔡阿种、净角邹阿青、正吹陈银桃及周正等脱离"老锦绣"，同时搜罗流散在社会上的部分昆剧艺人，择定于同治某年正月初一，在温州麻行僧街杨府殿正式组班开台，初取班名"洪福"，后因路人误传为"同福"。为讨口彩，遂改班名为"同福"，公推叶良金为班主。

温州乱弹原为多声腔剧种，其中除《雷峰塔》、《渔家乐》、《连环计》三本昆剧大戏以外，尚有不少昆剧小戏与折子戏。"同福"组班以后，又请来了金华艺人来温教戏，使剧目更趋丰富。叶良金、杨盛桃原为"老锦绣"班台柱，在观众中有很大影响，此次重新组班，各地演员纷纷来归，先后有小生炳虎（叶啸风）、正水（邱一峰）、老生杨东、经傅、启其、光季、盛阿昌等；丑角方皮、曼生、秉富、阿海、白眼丑、矮鼻丑、顺溪丑等；旦角有碎娒、长弟、阿昌、梅柳、阿平、正贤等；花脸则有平阳江南之方田、金乡之翔云(蔡怀卿)等(以上演员名字系老艺人口述，其真实姓名已无从查考)。堪称人才济济，一时瑜亮，各擅风流。该班剧目之丰富，演技之精湛，声望之高，推为浙南之冠。“老锦绣”乱弹班则因水土流失严重，从此一蹶不振，终至解体。

“同福”昆班所演剧目多为明清传奇，如《荆钗》、《琵琶》、《金印》、《八义》、《精忠》、《连环》、《绣襦》等剧。所有板腔程式皆准古制，演员表演极其认真，观众无懈可击。因其阵容强大，剧目众多，故戏金较一般戏曲班社为高，各地迎神赛会都以能聘到“同福”班为荣，民谚所谓“同福价钱老”即为此意。

叶良金在32岁时不幸因劳累过度而中年夭折。“同福”班公推杨盛桃接任班主。杨于50岁后即息影家园，不再复出。此后黄明生、邱一峰等都先后继任。光绪中叶，“同福”班内部产生矛盾，部分演员脱离该班，另组新班，取名“品玉”，由出身武解元的孙克礼任班主。为了能和“同福”分庭抗礼，该班着重在舞台美术方面进行改革，在服装、道具上别开堂奥，采用奇谲多变的立体布景，如《九龙柱》的各种坐骑，皆用特制纸壳，绘以各种色彩，并能口吐烟火；《鹊桥会》中水牛则用布套绘成牛形，以二人连缀，状类舞狮。布景如《蜃中楼》之龙宫、《长生殿》之月宫，除采用立体景片外，还注意运用灯光来调节气氛。民间因而留下了“品玉行头好”的谚语。

作者在苍南蒲城叶良金故居留影

“品玉”班原班主孙克礼因未得清

廷重用,积愤成疾终至神经错乱,不得已回家休养。由其从侄孙棣超接任班主,经改组后取名“新品玉”,所演仍以彩头戏居多。由于注重布景,演出成本相对增高,对演出场所也有一定要求。加上箱笼沉重,搬运困难,客观上受到一定的限制。有鉴于此,该班另辟蹊径,在更新剧目上下功夫。聘请瑞安人陈翼卿为该班编剧,七八年中相继推出新编剧目《错中冤》、《孽随身》等大型剧目十多本,使观众耳目为之一新。

叶良金故居木床帘的戏曲人物木雕

由于“新品玉”班善于创新,深得观众喜爱,遂与“同福”班并驾齐驱,成为浙南两大昆班之一。民国2年,“新品玉”班得温州小南门益泰源颜料店老板洪仁本之助,由洪出资大洋五千元,为该班添置行头砌末,重新聘请生角邱一峰、净角蔡怀卿、旦角高玉卿等为主要骨干,排练了一批精粹剧目赴上海演出。初时座无虚席,嗣后终因语音悬殊过大,加之人地生疏,终乃败兴而归。此次远征是永嘉昆剧第一次走出家门,开阔了眼界,学到了许多新事物。如旦角的化妆,改传统的“懒梳妆”为“七星片”,武戏中的“打短手”也改为京剧流行的“打股档”。

从“同福”昆班成立至民国10年,可说是永嘉昆剧的黄金时代。在这段时期中除上述二班外,尚有“日秀”、“三星”、“金玉”、“品福”、“锦花春”、“祝共和”等,总数不下20余班。它们在艺海中浮沉了数十年,时聚时散,特别是30年代诞生的“江南春”科班,在革除陋习、培养新生力量方面作出很大的贡献。其中佼佼者如当家旦陈芸香(艺名江南香)、花旦陈银兰、小生陈巧卿、老生陈万里、小丑陈万存、武生陈万招等都有所建树。40 年代中，这批人都成为温州各地方戏曲班社的中坚人物。

瓯俗敬神事鬼之风由来已久，城乡各地宗祠庙观星罗棋布。每逢佛事、神诞、祈禳、丰庆等活动，必邀戏班前来演戏娱神，所需费用从庙产中开支，称为“额子戏”。一年之中此起彼伏循环不息，构成了一条戏曲班社的巡回演出路线。这种以娱神为目的的民俗文化活动，不仅在客观上满足了广大人民群众对文化生活的需求，也成了民间职业戏曲班社赖以生存的社会经济基础。

民国 20 年后，农村经济在频繁的自然灾害冲击下严重衰退，国民党政府又于此时加重赋税，使农民濒于破产的边缘。娱神活动一旦停顿，民间职业戏曲班社也就失去经济来源，纷纷解体。

“卢沟桥事变”后，抗战全面爆发，浙江东南沿海成为前线，温州三次遭沦陷，一般民众的基本生活已难以保障。国民党政府又以“非常时期”为名，严禁戏班演出，使民间职业戏班陷入绝境，大批艺人凋零流散，多数人改弦易辙另谋生路。中华人民共和国成立后，原“新同福”、“新品玉”、“江南春”、“一品春”等班社的流散艺人共同磋商，成立“巨轮昆剧团”，1954 年正式被政府接受登记。1957 年，“巨轮昆剧团”划归永嘉县，易名“永嘉昆剧团”，简称“永昆”。

温州市郊横渎水戏台

50 年代的“永嘉昆剧团”是永嘉昆剧硕果仅存的唯一建制剧团，演出阵容强大，角色行当齐全，颇有藏龙卧虎之势。著名演员如生角杨银友、杨永棠，旦角陈雪宝、周云娟、孙彩凤，老旦章兴姆，老外谢金宝，净角周介麟，丑角张士海、缪立周，正吹徐剑鸣及导演李冰等，共约30多人。1957年秋，由温州市文化局主办的戏曲学员训练班又为剧团培养了昆剧学员叶德远、陈崇明、王冬生、陈欣欣、林媚媚、王友圭等人，剧团尤是充满生机，欣欣向荣。

1968年，“文革”中，“永嘉昆剧团”被撤消，改成文宣队。1979年留下的部分人员与永嘉京剧团合并，改称“永嘉京昆剧团”。次年秋又招收学员30名。由于京昆并存，各种矛盾磨擦时有发生，故剧团并无多大起色。1984年以后，在全国性的“戏曲危机”冲击下，观众锐减，剧团生存困难。永嘉县政府作出决策，以一套班子两块牌子的方式另组“永嘉越剧团”对外演出。永嘉昆剧至此基本陷于停顿状况。

二、作者与剧目

永嘉昆剧自明代以迄清中叶的演出剧目至今已无法勾稽，但从历代文献中仍可找到许多文人的作品。虽然只是凤毛麟角，但仍应属于永嘉昆剧历史的组成部分，不能弃之不顾。

永嘉岩头镇丽水街塔湖庙古戏台后壁题

本章从两个方面叙述永嘉昆剧自明、清以来曾有的剧目：一为自明万历以后温州地区的文人作品，次为永嘉昆剧班社中由艺人创作、移植、改编的上演剧目。分述如下：

（一）作者及其作品

1. 戴子晋

戴子晋，字金蟾，永嘉人，生平无考，约明万历年间在世。已知作传奇二种：《青莲记》、《鞢鞨记》。吕天成《曲品》列戴子晋为“中之上”。同列中有车任远等六人，以戴子晋冠其首，评语说他“绰有雅致，宫韵独清”。

《青莲记》已无传本。明胡文焕《群英类选》卷十四收录《明皇赏花》、《御手调羹》、《华阴骑驴》、《捉月骑鲸》、《明皇游月宫》共五出，计套曲 31 支。据以上内容，可知为李白故事，似与《警世通言》卷九《李谪仙醉草吓蛮书》内容相近。《曲品》评云：“记太白事，简洁而雅，不入妻子，《彩毫》虽词藻较胜，而节奏合拍，此为擅场派，从《玉玦》来，音律工密，尤可喜。”另据明瑞安人陈允文诗集《泽畔吟》中收有《明皇游月宫》七律一首，诗云：“梨园歌罢问嫦娥，露湿银桥步辇过。无极光中看殿阁，不胜寒处忆山河。锦袍清惹天香近，玉笛愁吹秋思多。谁管当时兴废事，一轮千古自婆娑。”

从此诗中可以确知，《青莲记》当年或曾在瑞安上演，很可能还带有布景。

《鞢鞨记》亦无传本。《群英类选》卷二十一收有《途中追叹》、《赏月遇恶》、《遇盗分拆》三出共套曲 21 支，故事内容不详。“鞢鞨”亦作“鞢韐”，是一种美术的名称，也是东北少数民族的称呼，即女真族的前身。

2. 季阳春

季阳春，字兰宾，永嘉人，生平无考，约万历年间在世。著有《凤簪记》一种。

季阳春在吕天成《曲品》中列于“下之上”的 14 个人中最末第二人。祁彪佳《远山堂曲品》中著录《凤簪》一目，下署“李阳春”。

“季”和“李”仅一笔之差，据叶德均考定，此人即吕天成《曲品》中之季阳春，可从。

《凤簪记》今无传本。《群英类选》卷十五收有《凤簪十义记》一目，注云：“因诸腔中有《韩朋十义记》，故别之。”可证明它是昆剧而不是“诸腔”。此剧《群英类选》共收六出，计有《留馆别妓》、《花园被执》、《深渊救溺》、《花烛成亲》、《弃子全英》、《毁容立节》共套曲 34 支。《远山堂曲品》评云：“记何文秀，犹之《玉钗》也，不若彼更敷畅。”

3. 涵阳子

涵阳子的真实姓名不详。《传奇汇考标目》注云：“故隐其名。”吕天成《曲品》仅注明是“东嘉人”。作传奇一种《杖策记》。

《曲品》列涵阳子为“下之中”，同列共 12 人，涵阳子居第三。12 人中仅朱玉田、杨之炯、赵於礼、邹逢时四人有评语，其余八人则云“别号莫稽，诸人未识”，可见吕天成也不了解。

永嘉岩头镇丽水古长廊

《杖策记》今无传本，亦未发现佚曲。《古今传奇总目》、《重订曲海目》、《今乐考证》均著录此剧。《曲品》评云：“邓禹年少封侯，千古快事。严陵、梅福插入亦好，此以邓为梅婿，不知严为梅婿耳。”《远山堂曲品》评云：“邓禹杖策谒光武，为中兴名臣，封侯时仅二十四岁。此记半杂以离合之情，不使有偏喧叙，但作手颇平，通本不脱学究习气。中以邓为梅福婿，不知梅婿乃子陵也。”

4. 陈一球

陈一球，字非我，号蝶庵，乐清县白岩山人。作有《蝴蝶梦》传奇一种，共 32 出。今存清初原抄本、永嘉乡著会及黄群敬乡楼传抄本,均藏温州市图书馆。首有崇祯四年瑞安林增志序及自序各一篇,叙庄周梦蝶故事,添出惠施、淳于髡、庄暴等人物,每出之后尚有假借钟惺之评语。

5. 王会昌

王会昌,字元晰,瑞安县丰湖里人。作传奇二种:《髯姝姗》、《绯桃咏》。二剧均无传本。《髯姝姗》仅存赵绍鼎骈文《序言》一篇,按其所写内容推测,似写女扮男装之侠客。《绯桃咏》内容不详。王会昌有《籀梦堂诗草》抄本存世,首有杨龙友所作《序言》称其"工传奇乐府,长于诗歌"云。

6. 赵绍鼎

赵绍鼎,字云汾,永嘉人,顺治中以优贡入京师,有《薄游诗稿》存世。所作传奇三种:《玻璃燕》、《娘子军》、《风流侠》,均不存。《今乐考证》于张大复名下著录《娘子军》一种外,余二种有关曲学书目均未见著录。

7. 曾凤翱

曾凤翱,字松华,永嘉人,万历邑庠生。作有《梦花笺》传奇一种,今不存,曲学书目亦不见著录。

8. 姚雅扶

姚雅扶,字仲蔚,号淳直,永嘉人,善丹青,约清乾嘉间在世。作有《归真记》传奇一种,今已不存。从孙锵鸣、黄汉等题咏中略可窥及此剧内容,系悼念其从妹姚姗姗而作,假托仙官谪降云云。

9. 陈禹莲

陈禹莲,字玉井,瑞安县人,咸丰间曾为国子监典簿。作有传奇《会珍记》一种。此剧今无传本,仅于陈禹莲《问梦楼诗集》中收有《会珍记戏咏》12 首。按出目分咏,计有:怀玉、寄柬、归慰、错遇、再访、廊会、定情、密约、僧妒、赠书、恨鹃、花宴。从内容看似为爱情故事。

10. 洪炳文

洪炳文(1848—1918),字博卿,号楝园,瑞安县人。终生未仕,以教书为业。生平著述多达90余种，其中戏曲作品多达36种，绝大多数充满爱国主义思想。据其《楝园主人自叙》："撰各种乐府十余部，或抄数剧付诸梨园演习登场，主人观之意自得也。"可见洪氏所作之剧，其中部分确曾由昆剧班社上演。

据1911年洪氏自撰之《花信楼主人传奇曲谱目录》，洪氏所作之戏剧作品分为"昆曲、时调、弹词三类"。现将"昆曲"类简述如下：

《水岩宫》22出，写瑞安民女陈氏被倭寇所掠不屈而死，今存光绪二十五年手抄本。

《悬岙猿》5出，写张煌言兵败蛰居海岛，后被叛徒出卖，解至杭州，在凤凰山下从容就义。初连载于上海《月月小说》1906年6—12月，署名"祁黄楼主"。阿英据以收入《晚清小说丛抄·传奇小说卷》。首页有陈茗香等人题词，并注云："此剧梨园子弟已能演习。"

《警黄钟》10出，写黄封国团结抗御外侮，以蜜蜂为主角，颇有创新意义。初刊于上海《新小说》1904.8—1905.6连载，复有上海新小说社排印单行本。阿英据以收入《晚清小说丛抄·传奇小说卷》。80年代王起主编之《中国戏曲选》，曾收入其中的《闺侠》一出。

《后南柯》14出，假借唐人小说《南柯太守传》之情节，敷以新意，以蚂蚁为主角，同以团结抵御外国侵略为主题，是《警黄钟》的姊妹篇。初连载于上海《小说月报》16期，阿英据以收入《晚清小说丛抄·传奇小说卷》。

《芙蓉孽》10出，为宣传禁烟之神话故事。出场人物多达30余人。仅有民国2年温州公报馆之石印本。

《秋海棠》3出，以花神秋海棠为主角，实写秋瑾蒙难事，署名悲秋散人。初刊于上海《小说月报》1910年11—12期，复有瑞安务本印书局之石印本。

《挞秦鞭》4出，写退伍将领华忠清外出见江中浮起秦桧铁像，命人捞起痛而鞭之，历数其卖国罪行。今存宣统三年温州日新印书馆之排印本。

《白桃花》3出，写太平天国将领白承恩为响应平阳金钱会起义，驰军救援，不慎在瑞安雷桥遭伏击壮烈牺牲。刊于温州《瓯海潮》周刊1916年12月至1917年2月。

此外，尚有《三生石》12出，《留云洞》12出，《簪苓记》22出，《再来缘》12出，《黑蟾蜍》4出，《无根兰》8出，《怀沙记》6出，《孝子亭》3出。以上各剧尚待进一步续访。

11. 薛钟斗

薛钟斗(1892—1920)，字储石，号守拙，瑞安县人。作有戏作品七种，今存世者唯有昆剧《泣冬青》10出。写宋遗民平阳林景熙，收殓赵宋六宗骸骨葬于绍兴兰亭事。今存温州市文管会之油印本。

12. 刘之屏

刘之屏，一名久安，字藩侯，别署太瘦生，乐清县人。作《防城血》传奇20出。叙刘永福死后，粤东防城县令宋浙元为抗击外国侵略壮烈殉难事。庄一拂《古典戏曲存目汇考》著录此剧，今存1908年刊本。

以上，就明末至清末的三百年间，温州地区的戏曲作家共12人，所作传奇作品共31种。这些作品与当地流行的永嘉昆剧都有一定的关系，但无法确证其上演的时间和地点。

(二) 上演的剧目

永嘉岩头镇塔湖庙古戏台

永嘉昆剧所上演的剧目，是指从“同福”昆班成立起直到现在的130年间曾经演出过的剧目，包括不见于其他剧种的剧目和昆剧艺人自己创作的剧目，以及新中国成立后剧团创作、整理、改编、移植的剧目在内，全本戏约150余个，小戏和折子戏约100余个。这个统计虽然已经尽了最大的努力，但遗漏的肯定还不少。从其剧目组成的特点来考察，大致可分为以下五个方面。

1. 昆山腔形成以前，即明万历以前中国戏曲舞台上所普遍流行的剧目占了一定的比重。如《荆钗》、《琵琶》、《白兔》、《杀狗》、《精忠》、《八义》、《金印》等，都作为班社的基本剧目，不论哪个班社，都必须能够演出这些剧目，才能得到观众的承认。而作为昆山腔全盛时期的代表作如《浣纱记》、《牡丹亭》等却从未有上演全本的记录。前者只有《回营》、《姑苏》二出，后者只有《花判上任》一出。这一剧目结构的形成决非偶然，有人据此认定，这是永嘉昆剧从温州南戏直接继承而来的一个有力的证据。

2. 家庭伦理剧较历史剧为多。在永嘉昆剧舞台上，帝王将相出现的频率远不及市井小民为多。这方面的剧目如《永团圆》、《占花魁》、《双玉鱼》、《寻亲记》、《巧相逢》、《合珠缘》、《虐媳报》等剧，是永嘉昆剧剧目的主要组成部分。这些剧目在描摹世态炎凉、人情冷暖方面往往具有独到之处，使演员在塑造人物时具有很大的回旋余地。结局自然是"善有善报，恶有恶报"。这种善恶斗争善胜恶败的永恒主题，使广大被压迫和被奴役的人民群众的心灵得到最大程度的满足。

3. 丑角戏多。永嘉昆剧的演员结构虽也和其他兄弟剧种一样以生旦戏为主轴，但丑角戏却不容忽视。丑角戏在每一个台基、每一场演出中都具有举足轻重的地位。一些折子戏如《一文钱·罗梦》、《红梨记·醉皂》、《儿孙福·观灯》、《绣襦记·教歌调猴》、《琵琶记·大小骗》等竟成了某些昆班的重头戏。一些丑角演员如杨盛桃、方皮、曼生等也因此而成了家喻户晓的人物。永嘉昆剧在长期的演出实践中，为了能在一个晚上把整本戏演完，对剧本往往要进行大量的压缩和删芟，但一般都保留了丑角戏的折子。这种对丑角戏的重视，是和温州南戏一脉相承的。

4. 李渔作品也占了一定的比重。在《笠翁十种曲》中，已知确

平阳县真武庙仿古戏台

曾上演的就有七种:《比目鱼》、《蜃中楼》、《巧团圆》、《风筝误》、《凤求凰》、《意中缘》、《奈何天》。且大都原本上演,不做删改。江南各地方昆剧班社虽也上演《十种曲》,但数量远没有这样多。据老艺人传言,这些剧目都是金华先生到温州传授的。李渔的戏班是否到过温州,它和永嘉昆剧有何种关系,还是一个有待于深入探讨的问题。

5. 艺人自编的剧目多,也是永嘉昆剧的一大特色。这些剧目大抵为永嘉昆剧所独有,是其他地区的昆剧和兄弟剧种所未曾见者。有的根据当地流传的民间故事编演,如《对金牌》,即周密《癸辛杂识》所记江心寺恶僧祖杰残杀余氏一家七口的命案,元代的温州南戏即曾上演。又如《洗马桥》,即南戏《刘文龙菱花镜》故事,温州道情中所唱的《洗马桥头祭羹饭》,温州居民几乎家喻户晓。《错中冤》,即初刻《拍案惊奇》中"恶船家计赚假尸银,狠仆人误投真命状"故事,其事发生在永嘉境内。此外如《双仙斗》、《双莲桥》等也都是温州人所熟知的神话故事,演出此类剧目,特别受到观众欢迎。

永嘉昆剧不但是一个独立的剧种,而且也是温州乱弹(瓯剧)与和剧的声腔组成部分。温州乱弹的84本传统剧目中就有《连环记》、《雷峰塔》、《渔家乐》三本昆剧。和剧中的《曾头市》也是昆剧。温州高腔旧有《打熊》一剧,高、昆杂唱,是武生的重头戏,在永嘉昆剧中,此剧名为《绝闯山》,情节较高腔本复杂,写李自成兵败逃入深山为当地猎户所杀,为《铁冠图》所无。

艺人自编剧目上演时间较长的有《杀金记》、《花鞋记》、《对金牌》等。前两种相传为蒲门生所作，其中的《杀金记》后来成为昆班武生的看家武戏，直到 20 世纪 60 年代还在上演。《花鞋记》是轻喜剧，由丑角与彩旦应工，早为瓯剧所移植。此外，如《孽随身》、《合莲花》、《惠中缘》、《醉于归》、《双鸳判》、《紫金鱼》、《王文诊脉》、《双埕翻醋》等十多种，则为“新品玉”随班专业编剧瑞安人陈翼卿所编。这些剧本格调不高，曲文大都比较通俗，也比较容易为没有文化的畸农市女、野老村氓所接受。

中国昆剧在其发展的历程中，因其曲文深奥，一般民众难以领会，故被称为“雅部”，与被称为“花部”的其他各种地方戏曲剧种，就其观众的层次来说有很大的不同。前者多为士大夫阶层，后者多为文盲或半文盲的劳动人民。这两个阶层的阶级感情、道德观念直至审美情趣都有很大的差异。“花部”诸腔勃兴以后，“雅部”就日渐遭到冷落，一个很大的原因就是“花部”诸腔的剧目大都能为文盲或半文盲的观众所畅晓易懂，很容易引起共鸣。

永嘉昆曲《见娘》剧照

昆剧的传统剧目多为明清传奇，且大都是宏篇巨著，少者二三十出，多者五六十出，一般都要三至四个晚上才能演完。更何况大都出自文人墨客之手，曲文典雅深奥，有的剧本还故弄玄虚，曲文中咬文嚼字、引经据典比比皆是，一般的市井小民很难领会。永嘉昆剧长年辗转于乡村庙台，为了适应和争取观众，艺人自发对剧本结构和曲文组合进行了改造，这种改造可以归纳为八个字：“删繁就简，化雅为俗。”

乡村庙会一般都只有三四天，不可能日夜都演一本戏。观众要求《琵琶记》、《荆钗记》等都要在一个晚上演完。若依原本就没有这种可能，艺人就自有一套删繁就简的办法：保留主要出目和情节发展脉络，压缩场次，包括压缩某些场次中的曲文。如《琵琶记》，就把《庆寿》、《逼试》、《南浦》合并为一场；略去《规奴》、《教女》等无关紧要的情节，其中的《考场》只成了简单的过场戏；又把《议婚》、《辞婚》、《陈情》三场戏合并为一场……经过如此处理以后，全剧 42 出戏便浓缩成为 12 出，情节也更为集中紧凑。

"化雅为俗"主要是对原本中的曲文与宾白的通俗化处理，目的是要观众听懂。瓯剧 84 本传统剧目主角上场，几乎都是千篇一律的引子、定场诗、家门大意及展开剧情所必要的行动提示。永嘉昆剧也大都是这样一种程式，如《荆钗记》主角王十朋上场时，引子后面的定场诗改为："三更灯火五更鸡，正是男儿立志时。少年不知勤苦读，白头空悔读书迟。"在文人雅士们看来，这种修改未免有点金成铁之讥，但绝大多数观众却乐于接受。

"删繁就简，化雅为俗"只是在特定的演出场合时如此处理，并非所有的剧目都必须如此。经过修改删削后的剧目，一般都会在剧名前冠一"花"字，如《花琵琶》、《花钟情》、《花飞龙》等，意为所演系"花部"剧目，不是原本。其实，在以劳动者为主体的观众中，也不乏精通音律的顾曲周郎，如剧名前没有冠以"花"字，很可能会造成误解，招来麻烦，甚或遭到罚戏。如遇官厅派戏或喜庆寿筵承应堂会，除了"彩戏"之外，还必须拥有一批各行当演员比较拿手的折子戏，多为全本戏中的特定场次，如《见娘》、《偷诗》、《拷婢》、《吃糠》、《赏荷》、《打肚》、《扫松》、《刺目》、《当巾》等，大抵由班中的主要演员出演。

20 世纪 50 年代以后，昔日的流浪班社变成了正规的建制剧团，演出场所也由乡村庙台进入了城市舞台。演员经过学习培训，艺术素质大大提高。加之建立了导演制，演出的水平、质量与以往已不能同日而语。创作上的繁荣，优秀传统剧目的改编、整理、移植以及现代戏的实验，大大丰富了上演剧目，也使这个古老的剧种焕发出青春的光彩。

1957年，永嘉昆剧团初试锋芒，一出《见娘》震惊了中国剧坛，先后获得温州市首届和浙江省二届戏曲会演优秀演出奖，昆剧表演大师俞振飞先生看了此剧后还曾有“南昆北昆，不如永昆”的美誉。1958年又相继整理出《荆钗》、《琵琶》、《当巾》、《追舟》等一批剧目赴上海演出，获得好评。60年代初，该团导演李冰和唐湜等合作，连续整理出《金锁记》、《杀金记》、《八义记》、《连环记》、《绣襦记》、《钗钏记》、《蜃中楼》、《东窗记》、《罗衫记》等剧目，在温州、杭州等地汇报演出。20世纪80年代中又创作、改编、整理出《浮沉记》、《泼水》、《痴梦》、《嘉富村琐事》、《牲祭》等剧，其中的《浮沉记》曾由浙江昆剧团重排赴北京演出。

20世纪60年代初，永嘉昆剧团在现代剧的实验演出中也积累了一些经验，使这一古老剧种演出现代剧不仅可能，而且还存在着很大的潜力。十余年中先后改编和移植了《红霞》、《琼花》、《血泪荡》、《刘介梅》等大型剧目十多个，以及《海上渔歌》、《风雪摆渡》、《一袋麦种》、《风雷渡》等中小型剧目20多个。

附：永嘉昆曲剧目表

1. 早期剧目(12种)：

荆钗记　白兔记　屠狗记　琵琶记　金印记　八义记
绣襦记　寻亲记　千金记　牧羊记　青莲记　西厢记

2. 传统剧目(32种)：

春灯谜　燕子笺　一捧雪　永团圆　占花魁　双熊梦
钗钏记　醉菩提　桂花亭　倒精忠　意中缘　凤求凰
比目鱼　蜃中楼　奈何天　玉搔头　风筝误　巧团圆
翡翠园　青冢记　紫钗记　长生殿　金锁记　折桂记
胭脂判　翰墨缘　儿孙福　衣珠记　天门阵　金棋盘
大补缸　倭袍记

3. 独有剧目(42 种):

对金牌　钟情记　女贤良　钟中冤　惠中缘　紫金鱼
合明珠　后和番　火焰山　天喜柱　九龙柱　鹊桥会
下陈州　花鞋记　巧相逢　盘龙钏　玉翠龙　玉夔龙
熊虎报　继母贤　双鸳判　醉扶归　双玉鱼　烽火台
玉莲花　合莲花　结网记　虐媳报　孽随身　开金锁
匿锁记　杀金记　孟姜女　双义节　花飞龙　花琵琶
花荆钗　戏牡丹　恶蛇报　悬岙猿　飞龙凤　双莲桥

4. 保留于瓯剧中的全本戏(3 种):

连环记　雷峰塔　渔家乐

5. 保留于和剧中的全本戏(1 种):

曾头市

6. 折子戏(共 79 种):

鸣凤记:写本　斩杨　嵩寿　送毯
玉簪记:琴桃　问病　偷诗　赶船
一文钱:烧香　罗梦
九莲灯:火判
昊天塔:五台
古城记:斩蔡　训弟
狮吼记:梳妆　跑池　变羊
西川图:三闯　负荆　芦荡
单刀会:训子　刀会
精忠记:扫秦　败金
虎囊弹:山门
千忠戮:草诏　惨睹　搜山　打车
蝴蝶梦:扇坟　劈棺
洛阳桥:下海
天下乐:嫁妹
风云会:访普　送京

红梨记：赏灯　亭会　花婆　醉皂
义侠记：打店　打虎　挑帘　裁衣　戏叔　杀嫂
水浒记：杀惜　下书　借茶　活捉
麒麟阁：激秦　三档
铁冠图：擒闯　别母　乱箭　刺虎
古城记：送嫂　挑袍
双珠记：卖子　投渊
浣纱记：回营　姑苏　打围
孽海记：思凡　下山
烂柯山：前逼　后逼　痴梦　泼水
牡丹亭：劝农　花判
南西厢：游寺　下书　佳期　赖简　拷红
满床笏：卸甲　封王
邯郸梦：扫花　三醉

7. 其他小戏(共 26 种)：

摩天岭　霸天庄　金钱豹　搭花扇　打郎屠　打面缸
大回朝　界牌关　喜封侯　卖花线　荡河船　绝闯山
麻姑进酒　蟠桃大会　八仙过海　双埕翻醋　王文诊脉
挡　马　太白醉酒　金钱豹　罗　锅　打韩通
八打投辽　挑女婿　哑背疯　双下山

8. 高腔昆唱小戏(共 4 种)：

马武搜山　溺女果报　木头串戏　昭君和番

9. 20 世纪 50 年代后创作、改编、移植的剧目(共 43 种)：

罗衫记　马陵道　杜十娘　东窗记　审诰命　十五贯
彩楼记　雪里梅　百花赠剑　补　锅　画　皮　赠书记
社长的女儿　玉面狼　秦楼月　田螺女　取火棍　金鱼仙子
枯井案　平顶山　炼　印　三请梨花　海上渔歌
风雪摆渡　焦裕禄　郑明德　红灯传　水牢记　党的女儿

平原游击队　雷雨夜　风雷渡　刘介梅　龙角山
星星之火　洪湖赤卫队　红　霞　赶白鹅　血泪荡
游　乡　一袋麦种　风雨同路人　琼　花

10. 20世纪80年代后创作、改编、移植的剧目(共12种):

飞龙传　墙头马上　百花公主　浮沉记　凤求凰
白蛇后传　斩　娥　春草闯堂　牲　祭　贵人魔影
婉娘与紫燕　嘉富村琐事

以上共计传统剧目90种,折子戏79种,小型剧目30种,20世纪50年代以后创作、改编、移植剧目55种,总计大小剧目254种。

三、声腔音乐

昆剧是一个独立的剧种,永嘉昆剧作为它的一个分支,固然有着“母核”方面的同一性,但由于地域语音不同,观众对象有别,在声腔音乐方面所表现出来的相异性就更大。

绝大多数剧种的宾白在角色行当中所出现的分野几乎都差不多,即正生、正旦说韵白,丑角、彩旦说方言。永嘉昆剧也恪守这一基本格局,但永嘉昆剧所说的韵白既不是昆山正宗的“苏工”,也不是嘉兴一带的“兴工”,更不是北昆和京剧的中州韵,而是独树一帜的“温州韵”。它的特点是:在咬字发音方面依照中州韵,而语音的四声清浊上又带有温州方言的固有声调。换言之,即用温州话的语音调值来表述中州或吴语的“咬字”,形成一种风格独特的戏剧语言。温州地方戏曲剧种如高腔、昆剧、瓯剧、和剧等用的都是这种韵白,俗称“乱弹白”。

“方言”的情况又有所不同,按照特定角色的身份和需要,又可分为“苏白”和“方言”。所谓“苏白”,应该是一种绝对纯正的苏州语音,但永嘉昆剧艺人的文化水准较低,多数人没有看过苏昆的演出,更没有到过苏州,所以他们所学的苏州语音,就不免带有浓厚的乡音,这就是形成“乱弹白”的原因所在。说“苏白”的角色行当多半是丑角,演员这种勉为其难的南腔北调,反倒因此而增添了不少笑料。如《十五贯》中的娄阿鼠，《秋江赶船》中的艄公，说的都是这种变了味的“苏白”。至于“方言”则完全是温州或瑞安一带的土话，如《红梨记·醉皂》中的皂吏，《琵琶记》中的两个骗子，《绣襦记·教歌》中的老大等，正是这种异化了的戏曲语言，使得永嘉昆剧的地方色彩更加浓郁。

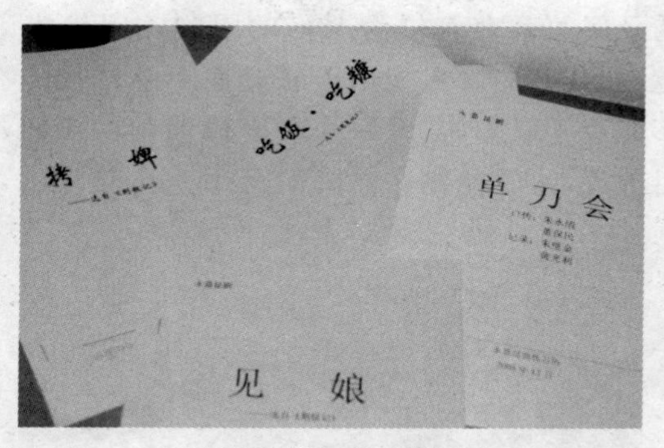

永嘉昆曲的部分在演剧本

苏州昆剧最讲究的是咬字、吐字、收音、换气等演唱技巧，多年的舞台实践，形成了一套十分严格的声学规范。永嘉昆剧却不讲究这一套，不论哪个行当的演员，都没有掌握那种“启口轻圆，收音纯细”的“水磨腔”。这是因为永嘉昆剧大都在乡村庙台演出，嘈杂纷乱的环境不可能把“细若游丝”的唱腔传达到观众的耳朵里，所以，永嘉昆剧那种高亢激越的快节奏唱腔，乃是演出环境的需要。

永嘉昆剧的旦角，历来都由男性扮演，唱腔都用小嗓，有时却子母喉并用，在一些宾白中尤其明显，但和京剧小生的子母嗓并用却又截然不同。往往一句台词开头几个字用的是小嗓，到落尾收音时却突然换成了本嗓，最突出的是曲前叫起：“相公，你好呀—”在小嗓“呀”将近终了时，收音会突然落到本嗓上。这种阴阳怪气的声调究竟是怎样形成的，似乎也从未有人去寻根究底。永嘉昆剧直到20世纪30年代才有女旦，但仍师承传统，到了50年代，旦角的唱腔和宾白才有所改进。

昆剧是“曲牌制音乐”，是从“倚声度曲”的基础上经过长期的演变后形成的一种十分严密的宫调体系。苏昆对曲牌和宫调之间的录属关系有着较为严格的限制。历代曲谱对此都有明确的规定,如某些曲牌只能用于联套而不能单用。有的曲牌只能单用而不能用于联套,甚至一个联套内曲牌的顺序也不能随意变更。相对地说,永嘉昆剧在曲牌的运用上比较自由,只要宫调相合,可以自由选用,没有多大的限制,尤其是一些南北合套和犯调的使用上更是灵活多变,甚至可以超越原有曲牌的基本腔格。这种能够灵活运用曲牌,使永嘉昆剧在演出路头戏和一些新编剧目时带来极大的方便。

永嘉琴山古戏台远眺

从整个南曲体系来看,曲牌大都同牌同调,每一曲牌的基本腔格也大致相同。不同的是,永嘉昆剧的演唱节奏比较疾速,一般没有慢板。所以在演唱中不可能像苏昆那样“每度一字,几尽一刻”。因此,永嘉昆剧就其音乐的表现力而言,和苏昆就形成了鲜明的差异,前者利于表现角色的思想感情,后者重在表现演员的演唱技巧。南北昆剧舞台上的常演剧目,每一出戏的套曲通常都限制在一个宫调中,很少在中间转换宫调。永嘉昆剧则不然,它不受传统的宫调联套规律的限制,有时会出现中间转调;一场戏的套曲可以不局限在同一个宫调中,即首曲和中间过曲的标准音高可以不同。不仅如此,甚至同一支曲牌在二人对唱时,也会突然在中间转换成另一个宫调。如《荆钗记·参相》一场,万俟唱[八声甘州]过曲,用的是小工调,相当于键盘上的 D 调:“穷酸魍魉,对吾行怎敢数黑论黄?装模作样,恼得我气满胸膛!”王十朋接唱“平生曾读书几行”的一段便转成了 A 调,把音准一下子提高了五度。这一转调,有力地表现出王十朋和万俟丞相的情绪对立，加强了王十朋不畏权贵的正直品格。永嘉昆剧曲牌音乐可以“改调而歌”的特点，使它在音乐上呈现出极大的丰富性和灵活性。这种多元的音乐结构或许就是温州南戏那种“不叶宫调”的延伸，具有原始质朴的自然风味。

1958年，永嘉昆剧团正吹徐剑鸣曾从事永嘉昆剧曲牌的搜集整理，他把各个传统剧目中曾使用的曲牌按宫调属性加以分类，包括南北合套、犯宫、犯调在内，共一千多支，其中有些牌名和旋律均为历代曲谱所未收。尤其是一些牌子曲如［青云才子］、［拉勇阵］等，就连温州地方戏曲剧种中也极少使用，属于永嘉昆剧所独有。最使学者们感兴趣的就是所谓的“九搭头”。20世纪80年代初，有人在刊物上发表文章，认为以“九搭头”为代表的永嘉昆剧音乐结构，乃是海盐腔的遗响。

所谓“九搭头”，是指永嘉昆剧音乐中的一些只有基本腔格而没有固定旋律的常用曲牌。“九”的意思是言其多，并不是只有九支。“搭”含有“搭拢”、“搭配”和“活用”等义。前已述及，永嘉昆剧在曲牌的使用上比较灵活，极少限制，有时就依靠“九搭头”来起到桥梁和过渡的作用。由于“九搭头”的嵌入，“犯调”中的几支曲子拼凑的痕迹消失了。演员可以根据剧情和不同角的特定感情需要而选择使用，具有很大的随意性和灵活性。由于“九搭头”具有一定的腔格，因而在唱腔旋律的发挥上仍有一定的规律可循，不至于南辕北辙，漫无边际。“九搭头”通常在艺人的自编剧目和路头戏中使用较多，在传统老戏中却很少出现。“九搭头”与海盐腔究竟有哪些必然联系，还有待于进一步深入研究。

永嘉昆剧在打击乐器的运用方面也还保持着较为古朴的民间锣鼓特色。近代以来，南北昆剧舞台受京剧影响较大，在锣鼓点方面都向京剧靠拢。永嘉昆剧则不然，尽管乐器大同小异，但点子曲牌则迥然不同，大鼓的使用较为普遍，通常的小汤锣场面，都是青衣小帽的角色或旦角出场，也都伴有同步的大鼓。

民间锣鼓是独立于戏曲之外的一种艺术形式，一套民间锣鼓往往由多个曲牌组成轻重缓急的节奏，间以唢呐为主的音乐，多在喜庆丰收或迎神赛会时演奏，气氛十分热烈，为舞台气氛增色不少。如《玉簪记·秋江》一场，小船载着陈妙常在汹涌的浪涛间追赶潘必正，艄公唱了一曲[拉勇阵]，曲文内容是与剧情无关的楚汉相争故事，就在这支[拉勇阵]中，却融入了被称为“十锦头通”的民间锣鼓，以打击乐的轻重疾徐及各种乐器的不同性能来表现水上行舟，集风声、水声、浪涛声和船桨的划水声于一堂，大大加强了舞台气氛，丰富了音乐形象。

永嘉昆剧所用的音乐曲牌与苏昆基本上大同小异，但从他们不同的记谱方法来看，似乎属于两个不同的系统。苏昆从明末清初以来一直使用“工尺谱”，从艺人员不论角色行当或音乐场面均须研习。这种谱式比较严密完备，曲文旁记有斜行的“工尺”（旋律），再添出板眼（包括慢板），相当于现代的简谱。只要按谱寻声，则节奏、板眼、旋律尽在其中。苏昆艺人大都具有较强的识谱能力。历代永嘉昆剧艺人大都从小随班学艺，文化水准较低，剧目的传授大抵依靠师傅的言传身教，只能口口相似，心中默记。他们一般不懂“工尺谱”，用的是一种被称之为“三点指”或“三指板”的谱式，民间则称之为“乌佬谱”。这种谱式在曲文旁边不注工尺旋律，只注有“、”、“—”、“∟”等符号来表示不同的板式，而且只记板，不记眼。使用“三点指”谱式的前提，是演员必须熟记每一支曲牌的基本腔格，明确曲文的行腔与板眼之间的关系，求得融会贯通。这种谱式的长处是比较灵活，能够举一反三，如艺人一旦学会并熟记《琵琶记·书馆》中的曲牌［解三酲］，他日再学《绣襦记·面讽》、《紫钗记·折柳》中的[解三酲]，只要点出板之所在，便能“倚声度曲”，毫不困难。

据专家研究，“三点指”谱式并非永嘉昆剧所独有。浙江武义的“宣昆”、湖南一带的“湘昆”用的都是这种谱式，似和宋元南戏有着因袭相承的关系。

四、演出组织和习俗

永嘉昆剧的演出组织过去比较简单，只要凑足八个演员，就能组成一个班社，称为“七死八活”。具体做法是生旦净丑相对固定，其他四脚随剧情进展而分担。历史上“七死八活”拼凑的班社已无从稽考。近代以来，温州地方戏曲如高腔、昆腔、乱弹、和调等班社大都采用“三门制”。所谓“三门”，是指把各种不同角色行当分成三个不同的门类，具体分法如下：

永嘉昆曲团的乐队阵容

1. 白脸门：正生、小生（包括穷生、娃娃生、半雌雄小生）、老外等。

2. 花脸门：大花脸、二花脸、小花脸（丑）等净行与丑行。

3. 包头门：正旦（当家旦）、花旦、贴旦、丫头旦、搽旦等一切旦行角色。

以上是一个戏曲班社角色行当的基本分工，每门的人数不拘，但各门的主要演员只能是一个。有些剧中的临时角色如报子、车夫、中军、家院等可由乐队或管衣箱行头的“三担”充任。演出剧目排定后，掌班或执事把戏单挂在盔头架上，演员便能从中找到自己所扮演的脚色，称为“名分”。

旧时职业戏曲班社多系私人经营。班主习称“掌班”，多系班中资深演员或声望最高者。掌班集经济、业务、人事等大权于一身，班中一切事务均由掌班裁决。次为“执事”，由掌班聘请精通演出业务而又精明强干的人员担任，主要任务为联系演出业务，排定上演剧目等事务性工作。三为“堂簿”，相当于现在的会计，主管班中财务账目。班中的行头除由公积金购买添置之外，也可向专营行头租赁业的商贾临时租用。

迎神赛会是浙南地方戏曲班社的经济支柱。从清同、光年间至20世纪30年代，温州较大庙宇的“额子戏”几乎都由“同福”和“品玉”二班所包揽。在“额子戏”的上演过程中，有一套代代相传约定俗成的既定程序。通常每个台基只演三天，每天下午演一场，晚上演一场，总共演六场。演出酬金由当地会首(俗称“头家”)和班社共同商定。戏班进入台基以后，即按既定程序演出。

演出之前先打“头通”(温州人习称闹台为“头通”)：有“十锦头通”和“锣鼓头通”等名目，意在招徕观众及通知演员作演出准备，时间约半小时。内行人可以从“头通”的进程来判断上演时间。

“头通”过后接着是“打八仙”，有“小八仙”和“大八仙”之分。“小八仙”只上戴面具的“三星”、“四喜”等人物，时间也较短；“大八仙”则不然，它是班社服装行头和演员阵容的一次大检阅，必须全班上下通力合作，决不能掉以轻心，倘或因此出了纰漏，必然遭人耻笑，甚至还要罚戏。

“大八仙”的剧情十分简单：西天王母庆贺蟠桃大会，四海龙王、诸天菩萨、八洞神仙齐来庆贺，各显神通。“大八仙”大都在新台基的第一夜上演，班社可根据本班的演出实力和具体情况增减行头角色，但班中的主要角色如正生、小生、当家旦、名丑等演员都必须出场。武生演员便趁机耍弄飞叉、滚球、吞刀、吐火等杂技。“大八仙”约演半小时，场上始终洋溢着紧张热烈的气氛。

次日和第三日夜场一般只演“小八仙”，没有剧情，依次上福禄寿喜四仙官，寓祈福、消灾、保佑人寿年丰之意。如逢达官贵人在场，还要跳男加官(有时还要加跳女加官)。依次上魁星、财神、土地等，均戴脸壳，在锣鼓的伴奏下跳一套简单的舞蹈便告结束。此时稍事休息，以备演员换装。

乡间庙会或官宴喜庆，戏班承应演出，首场必演“彩戏”，含有“讨彩”的意思。清人杨淡风《永嘉风俗竹枝词》云：“彩戏台台锣鼓催，封王卸甲好身材。瑶池王母蟠桃会，妒煞麻姑进酒来。”诗中的《封王卸甲》为《满床笏》中折子戏；《蟠桃会》又名《东方朔偷桃》、《麻姑进酒》又名《麻姑献寿》，都是神话故事。这类剧目并无多少内容，专为“献礼”而设。每夜演出除特殊情况外，一般都演三个折子戏和一个正本戏，不包括“打八仙”，总共约需五个小时以上。戏演完以后，则上一生一旦拜堂，俗称“拜团圆”，以此表示谢幕。由于“同福”班的阵容整齐，台风严肃，在浙南所有的戏班中戏金最高，每日演出两场，约需银元百元，故民谚有“同福价钱老”之谓。其他戏班则低至三四十元不等，可见戏金悬殊之大。首场“大八仙”，会首另加红包；“跳加官”则由达官贵人赏给红包，数额不拘，一般 10—20 元左右。如红包未到，在跳财神时，扮演财神的演员会故意把金元宝留在桌上，直至收到红包后，才由检场将它取走，接着开锣演出。

在庙会期间，班社的一切收入俱归公入账，祭神之供品在撤供后归演员食用。伙食则由班社自理。平阳江南一带（今属苍南县）和永嘉山区都有“值饭”之俗。每当演戏，村长房头事先排定人数顺序，由村上的富裕人家轮流值饭。此风至今犹然。

庙会演出之剧目，一般由会首或当地士绅按戏簿点演。每个戏班均备有“戏簿”，开列剧名和主演者姓名。倘被点之演员因病不能出演，应由掌班带领该演员到台上向观众解释，求得谅解，否则会首可扣发戏金或予以罚戏。

新建戏台或旧台重修，在演出之前必先举行“开台”仪式，含有祈禳逐疫、驱邪破煞之意。开台前由会首备办三牲祭品及活雄鸡一只，然后选定时辰开台。开台时由演员五人分别扮演小鬼在台上争食，是谓“五鬼”。此时一声锣响，上来哼、哈二将，将“五鬼”赶下戏台，穿过观众席，一直赶至村外。“五鬼”必须就地换妆，并在村外鸣炮三声，然后才能回到庙中。哼、哈二将把“五鬼”赶下台后，即上值日功曹宣读祭文，读毕将祭文火化。复由会首、庙祝、掌班三人上台，一捧“老王盔”、一捧“耳不闻”、一捧米斗，上插尖刀一把，刀口裹以红布。台口柱上事先贴上倒写一“刀”字的红纸，三人拈香点烛跪拜祝祷，唱一段《祭神咒》，唱毕杀鸡取血，将血抹在“刀”字上及台口四周，事毕，三人同时退场。此时锣鼓声响，四校尉、关平、周仓引关公上场。关公唱[点绛唇]后上高台，复念宾白，大意为：“今有××地方新建戏台，酬谢神娱众，共庆升平，四方恶鬼必须远避，胆敢违抗者，青龙刀下取尔性命！”念毕命周仓取刀，关公提刀顿足亮相三次，舞刀摆四角，舞毕又念：“四方恶鬼都被某驱赶远避，不敢再来，待我回转天庭去者！”在唢呐牌子声中，四校尉、关公等三人同下，开台仪式就此结束。

开台仪式是我国汉民族庙会文化的一个重要组成部分。浙江各地民间对此都十分重视，各地的仪式在细节上可能有所不同，但驱邪破煞、祈禳逐疫的主题却是共同的。有的地方开台时还邀请大批僧众诵经做法事，场面颇为壮观。昔“同福”班尚有“大开台”之举，台上扮演的各种神佛多至30余人，仅此一项，收入即可达百余银元。开台的本意在于消灾弭祸，保佑地方太平安宁，故主祭人须在前一天沐浴斋戒，以示虔诚。扮演关公的演员在化妆前必须祭刀，叩头礼拜后方可化妆，化妆后必须在后台静坐，不得与任何人答话。

最后一场戏预示着庙会结束，戏演完后必须“洗台”，又名“扫台”。洗台时只上戴面具的关公，手执青龙刀，扫荡舞台四周，然后鸣放鞭炮，表示庙会到此完满结束。

旧社会的戏曲艺人大都是一种终身职业，是三百六十行中的一行。戏曲班社则是一种组织比较严密的社会团体，彼此之间既互相竞争，又互相合作。因此在剧种和剧种之间，班社和班社之间，都有一套约定俗成代代相传的规矩。

额子戏所聘定的戏班，先由会首付给定金若干，虽无合同或协议文字，但双方都必须信守，不得中途变卦。如会首另聘他班，他班也不能接受。除非先前被聘之班因故不能演出,退还定金,他班才能受聘。

浙南各地一向有“斗台”的习俗。所谓“斗台”是指两个戏班同时在一个地方演出,两个戏台距离很近,观众可以自由选择观看,以观众的多寡来判定优劣胜负。有的大庙中就建有两个戏台,以备斗台之用。“斗台”也有一定的规矩,如遇不同剧种的两个班社,则按以下的顺序:高腔、昆腔、乱弹、和调,后者必须礼让前者。也就是说,如果是高、昆二班,若高腔班未开锣,则昆腔班不得开锣;如系昆、乱二班,则昆腔班未开锣,乱弹班也不得开锣。“斗台”时各班所上演的剧目,双方大都保密,直到开锣时才以挂牌形式公布。在“斗台”的前后,双方班社都不能有意识地去组织观众,或在台下起哄诋毁对方,在整个过程中都由观众自行选择观看对象。这种颇具君子风度的竞争方式,大概是戏曲班社所特有的,为其他行业所鲜见。这种风气在昆班中尤其突出。薛钟斗在他所作的《戏言校记》中说:“今日吾温伶人,在昆腔班者多高年有德,余者下流耳。”所谓“有德”,除了严肃认真的舞台作风外,严守约定俗成的规矩,也是重要的表现之一。

旧社会的戏曲艺人没有社会福利和劳动保险,同业者的同情和友谊便成了传统美德。戏班中对鳏寡孤独的老人都有特殊的照顾,遇到生老病死,人祸天灾,除了从戏班的公积金中拨款救济外,班友大都自动捐资相赠。倘有外地艺人流落到此,戏班按例接待一天的食宿,并支一百文相赠以充路费。

演戏作为一种职业,有着本职业所特有的一套“行话”,俗称“砌字”,外界绝难领会。懂得“砌字”便意味着是同行人,自家人。温州地方戏曲剧种除和调外,高腔、昆腔、乱弹艺人中所使用的“砌字”都大同小异。如演戏叫“花佬”,旦角称“尖天儿”,正生称“正旗儿”,大花脸称“配儿”,丑角称“尖天”等。“闹子字”为行头,“配司”为好,“邹司”为不好,“乌佬相”为难看,“淌床”则为戏路不正或在台上随意发挥之类。戏班中的“砌字”除了彼此交流信息之外,还具有某种保密的意味，如使用“砌字”对一演员与角色进行评论或交换看法时，纵然隔墙有耳，别人听了也莫名其妙，不致引起误会，可因此而避免一些不必要的麻烦。

五、演员与表演艺术

永嘉昆剧的表演艺术就其总体而言，比较接近自然主义。演员的舞台动作一般都从生活出发，表演的内容必须最大限度地符合生活逻辑的真实。比如演员上楼时所走楼梯的步数，必须与下楼梯时的步数一致；水上行舟，船头船尾必须此起彼伏等。永嘉昆剧的演员都在这个总的思想指导下来创造各种环境中的人物行动。因此，演技的优劣在很大程度上便出现在对生活理解的深度上，体现在生活逻辑的真实性和可信性的把握上。在历代演员的不断创造与不断丰富改进下，形成了一套具有浓郁的地域风情和剧种特色的表演艺术规范。因为表演艺术是通过演员的创造性劳动来体现的，故本章拟通过永嘉昆剧演员的具体表演来加以叙述。

永嘉昆剧中的正生和小生分属两个不同的行当。《十五贯》中的况钟、《连环记》中的王允属正生，相当于苏昆中的“官生”。永嘉昆剧演员以正生见长的，当首推蒲门生。他所演的角色如《东窗记》中的岳飞、《牧羊记》中的苏武、《连环记》中的王允、《十五贯》中的况钟等，气色与眉宇之间自能透出一种浩然正气，不靠做作。这种气质与修养固非一般专靠做作的演员所能望其项背。他也兼演小生，如苏秦(《金印记》)、郑元和(《绣襦记》)、陈季常(《狮吼记》)等，在他演来无不形神毕肖。他的入门弟子如邱一峰(小生水)、炳虎(叶啸风)等都能继承乃师衣钵。至今永嘉昆剧的正生、小生等的动作规范和舞台调度，大都还遵循当年蒲门生所创下的路子。

小生的表演艺术可分为以下三个方面：

一为“鞋趿戏”(温州人称拖鞋为“鞋趿”)。此类角色大都穷困潦倒，处在山穷水尽的末路之中，多为下第举子和落魄文人，如《金印记·下第》的苏秦、《烂柯山·前逼》的朱买臣等。演员穿一双拖鞋上台，就在这双拖鞋中集中了许多出神入化的动作，每本戏又各不相同。永嘉昆剧的各代小生演员大都擅演“鞋趿戏”，当以蒲门生的入室弟子邱一峰为最佳。黄一萍《温州之戏剧》称其为“无懈可击”。

二为“半雌雄小生”。此类角色大都出身于富贵之家，过惯锦衣玉食的悠闲生活，不谙人情，不通世故，娇弱酸腐，处身于穷途末路之中，犹自摆出一副贵公子的架子，以至闹出不少笑话。最典型的是《绣襦记》中的郑元和。永嘉昆剧团已故演员杨永棠的拿手好戏《当巾卖兴》，把这个挥金如土的世家子弟刻画得入木三分，令人忍俊不禁。20世纪50年代中他曾多次演出，并获得广大观众的好评。

三为“麻雀步”。这只是一项基本功，全在运用得当。永嘉昆剧团杨银友饰演《荆钗记·见娘》中的王十朋，20世纪50年代以来堪称一绝，曾获省市演员一等奖，也使许多兄弟剧种的同行们叹为观止。《见娘》中的王十朋早已中了状元，官居江西通判，闻道母亲来到，不禁喜逐颜开，童心顿现，几番在慈母膝前欢欣跳跃。通过麻雀步，使他对母亲万分依恋的赤子之心得以外化。饰演王母的演员章兴姆处处配合，一招一式细致入微。现二位演员早已作古，后继者虽能亦步亦趋，然终无乃师火候，此剧遂成“广陵散”。

丑角在永嘉昆剧行当中具有举足轻重的地位，民间向有“无丑不成戏”之谚。永嘉昆剧丑角戏的特点是对人物进行漫画化夸张的同时，又处处注意生活逻辑的真实；在塑造角色的可笑性时，又要使观众感到最大的可信性。这就需要演员具有超人的智慧，在创造舞台形象动作时，必须从生活中不断地筛选与提炼。

老一辈丑角演员为人称道的有方皮、曼生，但最负盛名的却是杨盛桃，观众昵称他为“阿桃儿”，俗呼“阿桃”，永嘉昆剧子弟则尊称为“阿桃师公”。杨盛桃为永嘉昆剧的复兴立下汗马功劳，是近代永嘉昆剧的奠基者之一。

永嘉昆剧的旦角演员在民国以前都是男性，较有名气的是正贤，善《吃糠》、《斩窦》二剧，黄一萍称他“声如裂帛，做亦入微”。民国后始有女旦，以阿桃、显芬、怜怜、杏桃、梅柳等较为出色，但最负盛名且独霸昆坛40余年之久的却是男旦高玉卿。

永嘉昆剧的旦角唱腔不似苏昆以清润婉转的“水磨冷板”取悦于观众，而重在表演上的细致入微和情境水乳交融的艺术境界。试以《琵琶记·吃糠》为例：剧中赵五娘包头，穿黑衫，系绿丝绦，腰围白裙。吃糠时左台口放一座椅子般高的小茶几，托盘上置有水壶碗筷。赵五娘唱完一曲[山坡羊]，“乱荒荒不丰稔的年岁……”后，即坐到小板凳上接念“奴家已安排早饭与公婆充饥，非不欲买些鲑菜，怎奈无钱去买。不想公婆抵死埋怨，我也不敢分说。我不免将糠拿来充饥则个”。然后她端起碗筷吃一口糠，喝一口茶水。当吃到第三口时，突然间喉咙被糠咽住，急切难下。此时，她把碗放到头顶，用筷子在碗上垂直连连下顿，乐队衬以声声凄恻的冷锣。赵五娘伸直脖子，不断做吞咽动作，珠泪涟涟，令人不忍直视。

蔡公蔡婆怀疑媳妇在厨下偷食佳肴，拄着拐杖到厨下窥视。赵五娘怕公婆看见伤心，将糠碗藏来藏去。二老越发疑心，在小圆场的追逐中，糠碗被蔡公夺过，糠粉飞扬，公婆始知真情，悲愤、痛惜、悔恨交替。蔡婆抓起大把糠粉往嘴里送，乐队间以大鼓与小锣。蔡婆被糠咽死，蔡公在痛哭中气绝身亡。赵五娘顿足捶胸，扑倒在公婆的尸体上……这种演出排场，在全国30多个常演《琵琶记》的剧种中，可说绝无仅有。这种淳朴、古老、丰富而又生动的表演艺术，却有着十分深刻的生活依据。数千年来，浙南人民过着“糠菜半年粮”的悲苦生活，每当孩子被糠咽住时，大人便将碗放到孩子头顶上，用筷子在碗中顿几下，据说能使被糠塞住的喉咙得以缓解，同时也饱含着劝慰的意味。赵五娘头顶碗筷，既是自解，更是自怜。永嘉昆剧的观众多半是下层民众，对这种凄苦生活深有体验，故能心领神会。舞台上的赵五娘因为能够和观众的心灵相互沟通，所以演出也就更能深入人心，凄楚动人。

中国昆剧向以生旦为主的文戏见长，武戏所占的比重较小。永嘉昆剧则不然，不仅武戏占有一定的分量，而且有着自身的独特风格。

温州平阳一带是南拳的故乡，居民大都从小习武，各村都设有拳坛，农闲时延聘教师教习比武。永嘉昆剧的演员大都来自平阳、瑞安一带，民间武术也就很自然地被带进了戏班。永嘉昆剧武戏的基本格局不似京剧舞台上有恒定的“股档”、“出手”等程式，也不以滚翻动作来眩人耳目。永嘉昆剧的武戏俗称“打短手”，包括空手与兵器对打，多从南拳套路中演化而来。兵器道具大都是真刀真枪，除常用的刀剑锤钩等外，还有特制的三节棍、乌烟拐之类，格斗追杀过程的真实感很强。经常上演的剧目如《大补缸》、《打郎屠》、《三打韩通》、《九龙柱》、《天喜柱》、《绝闯山》等，几乎都是全武戏。

温籍学者董每戡在《说剧》一书中曾记述他年幼时在温州看过“同福”班演出的《杀金记·卖拳》一出，演员在台上可以自由发挥，凭借自己的武功进行展览性表演，这也可说是一种特色。武戏演出到一定的时候，可以脱离剧情，变成纯粹的硬气功或杂技表演。诸如“钉山碎石”、“头拳断石”、“腰斩钢丝”乃至钻火圈、叠罗汉等无所不包。演员如能将临时搭建的戏台台板踩断，还可以得到观众所设的红包。任何观众都可以指定项目悬红包以待，任何演员甚至观众都可以按指定项目的要求完成后将红包取走。演员可以根据自身的技能与特长来表演，如叠椅倒立，或腋下夹几个鸡蛋，或手捧装满米的竹篓从高空翻下，鸡蛋不碎，米不外溢。凡此种种，统称“打台面”。民国以后，由于京剧的兴盛，加之有真功夫的老艺人逐渐凋零，“打台面”之风日渐式微，武戏也慢慢地向京剧的“股档”和“出手”程式靠拢。目前有关这方面的资料不多，早期武生演员较有名的是梁栋。《倒精忠》金兀术的36腿最负盛名。其后有“同福”班的武生徐保成，则为该班武生台柱。董每戡在《说剧》中所写之事，很可能就是他所主演。

永嘉昆剧某些角色的造型、表演，其形象往往借用一些动物的动作来隐喻，虽不免于夸张，但观众却能理解。如《连环记》的董卓，见了貂婵后两肩耸起，双臂摊开，身体前倾，走鸭子步，口中不住发出“喔喔”之声，完全是一副“骚公鸡”的架式。《十五贯》中的娄阿鼠，一招一式都落在一个“鼠”字上。《见都》中的都堂周忱身穿员外巾，戴白帽，低眉垂目，端坐不动，表现他年迈昏聩，活像一尊土地菩萨。《雷峰塔》中的白素贞系白蛇化身，走路采用“云步”，逶迤起伏，模拟蛇的游动。《蜃中楼》中的龟卒身披龟甲，缩头缩脑，更是龟相毕露。《水擒庞德》中的周仓则处处表现出一种“蟹形”，有一套特殊的水中舞蹈动作，为其他剧种所罕见。

此外，在舞台调度上，也力求能传达出环境的真实感。如《单刀赴会》中的关羽，表现小船逆水行舟，他站立在船头，望着滚滚长江东去水，斜肩蟒的一只水袖通过胸腹甩向一边，与长须飘向同一方向，使人觉得小船正在乘风破浪前进。《断桥》中的许仙上场时有一个滑跌动作，似是从高坡上滚落下来。凡此种种，都是永嘉昆剧艺人在长期的艺术实践中不断创造积累的结果。

六、舞台美术

中国戏曲从她诞生的那天起，就十分注重舞台美术，并成为这门综合艺术不可或缺的组成部分。从宋元南戏、元明杂剧直到明清传奇，许多剧本上都附有演出时的穿关（行头穿戴）、砌末以及布景方面的说明和提示。在长期的发展和流变中，由于历史条件、地域环境、风土人情以及戏班自身的条件各不相同，各地方剧种在舞台美术方面也出现了诸多的差异。又因为各剧种之间

富有温州特色的永嘉岩头水中戏亭

的相互竞争和相互影响,舞台美术方面也必然会采取保留、充实、借鉴、更新或扬弃。从这一意义上说,各剧种的舞台美术是一个动态的发展过程,同中有异,异中有同。从总体上看,很难把舞台美术和某一个剧种的演出风格联系在一起,更不能把它看成是该剧种以区别于其他剧种的既定艺术风格。从这一观点看,冒广生所著的《戏言》中列举的行头清单,系转抄自清李斗的《扬州画舫录》,与温州地方戏曲班社的实际情况相去甚远。

然而,永嘉昆剧毕竟是一个比较古老的剧种,在民族文化的大背景下,其本身的积累就相当丰富。从"同福"组班至今的百多年中,随着近代科学技术的突飞猛进,又吸取了许多先进的东西而有所发展。本章拟从其历史发展的轨迹中,就化妆(服饰、脸谱)、砌末(道具、刀枪把子)、布景(照明、烟彩)三个方面择要阐述。

(一) 服饰脸谱

早期的永嘉昆剧戏班一般只有八个人,一个演员往往要在不同场次分别扮演好几个角色,故其化妆造型都比较简单,以使演员能在极短的时间内更换角色。所以,"白脸门"的正生,戴髯口的,一般脸上都不上彩;小生、旦角也只是略施脂粉。旧时旦角大都用各色绸巾包扎头部,"包头门"一词便因此而生。那时的戏班很少有假发髻,至多也只是在头上插几朵花,戴上一两个钗环耳坠。老旦、彩旦大多戴一种双鱼形的中空头巾,称为"懒梳妆"。民国2年,"新品玉"班赴上海演出,见到上海京剧的旦角化妆,这才相形见绌,自叹弗如。从此以后,永嘉昆剧的旦角首先采用"七星片"和假发头套。温州的其他地方戏曲剧种除高腔外也都群起而效之,慢慢演进到现在的局面。

角色身份和所处的环境,是演员造型时的主要依据。凡处在凄苦、焦虑、痛苦等境况下的人物,脸上都要抹一层植物油,有时还要眉心点黑,嘴唇抹灰,如《磨房产子》中的李三娘、《斩窦》中的窦娥、《一捧雪》中的莫成等。滚钉板时莫成不仅脱光衣服,只穿一条黑彩裤;窦娥的扮演者不论男旦女旦,纵然是寒天腊月,也要脱去外衣，只在胸前系一条红肚兜。

“花脸门”所画的脸谱称为“开脸”，系用蛋清调矿物颜料用毛笔对镜自画，白用水粉，黑用炭黑，以其易于干燥之故。独关羽则用植物油调丹砂涂抹，民间认为关爷脸谱具有消灾弭祸之功，贴在门上能驱邪破煞；病家则将脸谱烧灰和入汤药以为药引。观众每于“开台”之前持数十文向戏班购买关羽脸谱。法用桑皮纸一张贴在已化好妆的演员脸上，用手揉搓如拓碑帖状，脸谱即印于纸上。

温州地方戏曲剧种的戏具行头有一个历史发展过程，初时因演出人员较少，行头也比较简陋，所用的箱笼也小，箱盖扁平，不似后来那种几乎全国都造型一致的半圆形箱盖。班社过台基时都采用肩挑方式，由专人护送保管，所以行头砌末也就以“担”命名：“大担”为衣箱，以戏神（唐明皇的木偶雕像）压担，上面为“富贵衣”，即穷生所穿的百家衣，此外则是各类的蟒、帔、官衣、褶、太监衣、箭衣、茶衣以及各类衫裤等，较贵重的乐器一些特殊道具也放在此担。“二担”为外箱，习惯上把樵夫或渔翁所戴的翻边草帽放在最上面，次为各类盔头巾帽、包头首饰、化妆用品及面具等，道具婴儿（俗称“大师兄”）亦置于该箱。“三担”则为杂箱，多为各类靴鞋、水纱网巾以及刀枪把子等。早期戏班各“担”大都只有两只箱，一个戏班能有六只箱子就算很不错了。

清光绪后叶，改组后的“新品玉”班为了能和“同福”班分庭抗礼，在演出阵容不及“同福”的情况下别出心裁，在行头服饰和砌末布景上大做文章，精心设计改进，采用立体布景，添置各种时尚行头，以致戏箱容量剧增。除了扩大箱体，由原先一人挑二只戏箱改为二人抬一只箱外，在数量上也由原先的三四只增加到二三十只。但按“担”分类命名的方式仍未改变，且一直沿用至今。

戏曲观众大都喜新厌旧，“品玉行头好”的民谚便不胫而走。此举大大刺激了其他剧种的各戏曲班社，群起仿效，一时间浙南各地开设的戏曲行头作坊便如雨后春笋般萌生出来，与此同时也出现了以出租戏曲行头为业的小业主。戏曲班社根据演出剧目的需要向业主租赁，逐日计价，用毕送还。

“新品玉”班在行头上所作的大胆改革，打乱了本剧种原有的传统格局，出现了许多前所未有的创新和改良，择要分述于后：

武将所穿除大靠外，还出现一种不插旗的软靠，与京剧后来的“改良靠”又有所不同，上身为大云肩，下身类似箭衣，多为下级将士所穿，称为“英雄靠”，俗呼“猴子靠”。文官穿的“官衣”，除传统的红蓝二色外，还出现了一种黑官衣，亦称“犯官衣”，多为获罪者或犯颜直谏的官员所穿，《十五贯·见都》中的况钟即穿此服。传统的龙套仅红色一种，后发展到红黄蓝白四种，且都有与之相对应的龙旗。有些文官出场时，身边常有四皂甲伴随，这种皂甲着青袍，状如褶子，不系腰带，其他剧种中尚未发现此种穿着。

此外尚有“马面裙”，有黑白蓝绿四色，但无黄色，正面有绣花装饰，两边各有细褶裥；“龙须褂”，开直襟，下摆缀有须绦，袖大如枯，肩部突起绣有虎头，身后有飘带二条，前身腹部有与大枯相似的软肚兜；圆圈领，花纹多为鱼龙、朵云、水浪等，也有各种颜色。“龙须褂”多为亲信将弁、随员所穿，如《精忠记》中的张保、王横等角色，《连环记》中的吕布也穿此服。

（二）砌末道具

旧时戏班的砌末道具十分简单，无非文房四宝、官印签筒、杯盘碗筷之类。脸壳面具也仅全脸、半脸二种。全脸为财神、魁星南极仙翁等；半脸则如土地公婆，仅戴到鼻梁，造型眯笑慈和。自“新品玉”班盛行“彩头戏”以来，砌末道具的发展更趋于新奇机巧，花样层出不穷，大致可分为以下三类：

一为脸壳面具，从单一逐渐走向多样。《九龙柱》、《天喜柱》剧中的神、仙、佛、道、鬼怪、妖精之类，往往被塑造成大耳、突眼、高鼻、长眉、獠牙、兽角等奇形怪状，有的面具的下巴能够活动，张口开合一如常人。如猪八戒的长嘴，只要演员一说话，就能牵动下巴。

次为“盖脑”，亦即头形，系从面具发展而来，用竹篾做成中空的兽状头壳，外糊以纸或布，彩色描绘成所需形状。身子则用白布绘成各种斑纹，和头壳连在一起，可以单人表演，也可以双人表演。单人兽形如赵公明的坐骑黑虎、杨二郎的哮天犬，以及海中生物如虾兵蟹将、乌龟、蚌壳之类；双人表演者状类舞狮，如姜子牙的坐骑"四不像"，还能口吐烟火。《火焰山·后借》中的牛魔王，孙悟空一棒打下，脑壳即刻一分为二。"盖脑"的出现，使"彩头戏"更加光怪陆离，更加悦目而惹人喜爱。

三是剧情需要的特制道具，也逐渐向新奇和多样化发展，阮大铖《燕子笺》剧本中就有"飞东衔笺"的制作提示。用硬纸板做成飞燕状，系以丝线，燕口缀一小钩，衔笺时后台牵动丝线，飞燕即飞到台前，此时演员迅速把信笺挂在燕口上，再次拉动丝线，飞燕随即飞回后台。可见此种道具的制作由来已久。

《天喜柱》中的"圆盒喜婴"也颇具机巧：台中放一圆桌，桌上置一圆盒，孙悟空拔根毫毛说声："变！"盒中忽地跳出一个婴儿，摇头晃脑手舞足蹈，逗得乌鸡国国王哈哈大笑。原来桌上有洞与圆盒相通，操纵者躲在桌下牵引杖头木偶，就能做出许多动作来。此法与《一捧雪》中的杯中飞蝶相同，当宝杯注满酒时，操纵者揿动下面暗钮，装有弹簧的双纸蝶便突然弹出，翩翩飞舞。

《雷峰塔·水斗》一场，白素贞和法海一剑一杖相搏，法海将杖抛向空中，随即一阵火彩，化作一条金龙，张牙舞爪扑向白素贞。此剧首出《下山》，在一阵火彩过后，背景上随即出现一青一白二蛇交替盘旋飞舞，蔚为壮观。此类巨型道具的制作颇为不易，成本也高。"新品玉"班为了独树一帜，不惜工本到外地聘请专门技术人员。即使一些小道具也颇具匠心，如《火焰山》中的芭蕉扇，可以自由伸缩，扇柄下的两条丝绦即是机关，只要拉动丝绦，扇子就能任意开合。《折桂记·灶房》一场系立体装置，先将毛边纸（温州人称为火煤头纸）点燃置于锅中，当揭开锅盖时，袅袅香烟酷似腾腾蒸气滚滚而出，效果极佳。

"新品玉"班不仅以布景道具的奇巧闻名，而且还将幻术引入戏中。《雷峰塔》旧有《盗库银》一场：知县闻库银被盗，亲自坐轿前往查看，路遇一出丧队伍，众皂隶上前驱赶，出丧者丢下棺材逃遁。皂隶到轿前向知县禀报，轿中却没有声音。皂隶掀开轿帘，一僵尸蹦出。此时棺材内连连撞击，当场打开棺材盖，走出来的却是怒气冲冲的知县。又如《蝴蝶梦·劈棺》一场，先是楚王孙端坐于纱帐中隐约可见，田氏手执斧头，对准棺材劈下，随着一阵火彩，棺材分为六块，庄生从棺中慢慢站起。田氏撩开帐幔，楚王孙已悄然不见。这种融戏曲与幻术于一堂的演出，自然更能吸引观众。

由于永昆武戏多用真刀真枪，故“三担”师傅对刀枪等兵器的管理极其严格，上演之前刀枪必用火油擦拭干净，架放于规定的位置，任何人不得乱动。武打演员上台前大都拈香点烛向祖师叩头礼拜，请求祖师保佑。每当演完《大补缸》之类的大开打后，台板上插满了刀枪匕首，此时观众都会自动涌到台前，待演员起立当众验明身上确实无伤之后，观众这才缓缓散去。

（三）舞台布景

瑞安人薛钟斗在《戏言校记》中说：“近沪上各舞台濡染欧风，注重铺景，风从如狂。不知吾温已于三四年前有之。如《蜃中楼》、《比目鱼》、《九龙柱》、《鹊桥会》等，皆铺景戏也。然沪上之铺景，如所如堂，彼此均可用之，戏易而景不异。非如吾温之戏，《蜃中楼》之景，不能用之于《比目鱼》也。”这里提到的四个剧目，全是永嘉昆剧剧目。薛氏当时所观之剧很可能就是“新品玉”班。

《戏言校记》作于1918年，所谓三四年前则是1914年左右。其实，“品玉”建班约在光绪初，其间还有个逐渐演进的过程。改组成“新品玉”的时间，约在1906年左右，其时“彩头戏”最为盛行。可见温州昆班使用布景的时间还应更早。布景戏的出现是“市场竞争”的需要而发展起来的，并非“濡染欧风”从外国进口。

往昔庙台演出，照明多用“油樽”，乡间偶或用火缆或松明之类。所谓“油樽”，就是用四只大钵头盛满清油，中间用铁丝架一根粗稔子，两盏挂在台口中间，两盏摆放在台前。即使是如此简陋的条件，艺人也要在灯火上动点脑筋。为了增加舞台气氛，多用篾丝做成灯笼壳罩住油樽，如表现火光则在灯笼壳上贴红纸；如遇鬼怪出场则贴绿纸，也能造成阴森恐怖的气氛。清同、光间周鸣桐《澹香吟馆诗钞》录有五言律诗一首，其中有如下两句："铁何妨铸错，灯灭写成真。"自注云："忠臣斩首，日为韬光，优人以灭灯烛代之。"也就是用黑布遮住灯火，或减弱照明度以制造剧场气氛，都是早期戏班惯用的手法，《斩窦》、《归神》等剧都用此法以获得剧场效果。据老艺人回忆，过去演《火焰山》时，曾用硫磺、炭屑等物在台上设置多处喷火点，同时不断施放烟火，后因地方上怕引起火灾，出来干涉，这才取消。

早期的布景仅是把传统的"守旧"改为画有彩色景象的布幔，如厅堂、金殿或野外山水等，卷挂于空中，根据剧情的需要而随时调换。这种彩画布幔许多剧目都能适用，亦即薛氏所言"戏易而景不异"。后来出现煤气灯，使舞台照明大为改善，也为运用立体布景创造了条件。如《孟姜女》一剧，台上搭出长城片断，其中预置爆竹。当孟姜女哭城时，一声轰响，长城崩坏，甚为壮观。此外，"新品玉"班还别开生面，台上搭台，如《蜃中楼》的楼台，重檐碧瓦、画栋雕梁、门窗回廊，一应俱全，演员还可以在台上表演。下部则用布幔绘出碧波汹涌之海景，后台拉动布幔，犹如波澜翻滚，观众叹为奇观。宣统三年，"新品玉"班在温州晏公殿巷戏台演出《比目鱼》，仿照上述格局，搭了一个台中之台，时人曾作如下一条联语：

戏中台，台中戏，景物最宜人，演出一生真本领；

庙前溪，溪前庙，风光皆入画，绘成千古大奇观。

民国以后，出现了电灯和电池，科技的进步把立体布景推向一个崭新的阶段。《鹊桥会》天幕上群星闪烁，银河熠熠发光，银河两端鹊桥飞架。其法在食用茄子两侧插上纸板剪成的翅膀绘成喜鹊状，串在铁丝上，沿桥身重叠排列，幕后牵动细绳，喜鹊竟能飞动。

当织女走上鹊桥时,缀满闪光片的服装在灯光下满目斑斓,裙裾飘带凌空飘举,恍若仙境,令人目不暇接。《长殿》之月宫,则于舞台上离天幕近处置一中空之圆月,天幕上殿阁玲珑,云烟缭绕,宫娥仙女从月中徐徐而出,轻歌曼舞,令观众几疑身在广寒宫。尤其是《九龙柱》的演出更见精彩,其柱用铁皮制成,彩绘蟠龙,龙身预置酒精棉花,火烧闻太师时,一阵烟彩过处,柱上烈焰飞腾,天幕上衬以滚动的红灯,象征翻滚的火势,演员在火光中打斗,更见精彩。

立体化布景需要一定的舞台条件,也需要一定的资金,故难以在乡间庙台普及。薛钟斗也注意到这个问题,他接着说:“吾温之铺景戏终不能尽善尽美者,一因资本之不足;二由美术程度之过浅;三由于无固定之戏院,迁徙不便。”薛氏所言固在情理之中。正是由于“新品玉”班在“彩头戏”方面率先作俑,打破了舞台空间的单调和沉闷,使永嘉昆剧这一古老的剧种在尝试性的实践中获得了新的生机,为后起的京剧连台本戏机关布景打下了坚实的基础。

旧时各地方戏曲剧种施放烟彩十分普遍,每逢场上出现神、仙、妖、鬼时,大抵都要施放烟彩。通常都由检场人一手执火纸,另一手抓一把拌有炭屑和松香粉火彩在演员周围施放。由于温州的“新品玉”昆班以“彩头戏”闻名于世,故对烟彩的施放也就有了许多讲究,有时则将烟彩加入道具,如托塔天王的宝塔、姜子牙的坐骑、《大劈棺》中的棺材、法海和尚的金钵等。根据剧情进展的需要,烟火的施放也有许多名目,如“太公钓鱼”、“双龙抢珠”、“白蛇出洞”、“金龙探爪”等。如“双龙抢珠”,由二人分别在上场门和下场门施放,火彩抛出后,两条白烟翻滚缠绕经久不散。已故武生演员黄明波最善此技。解放后戏班进入城市剧院,禁放火彩,此技遂绝。

七、永嘉昆剧的研究

永嘉昆剧从它诞生以来的数百年间,流传地域遍及浙江东南沿海地区，为丰富城乡人民的文化生活作出莫大的贡献。近代以来人才辈出，也出现过一批从思想内容到表演艺术都十分精湛的优秀剧目，可惜至今还没有人对它进行系统的发掘和研究。也许它是野生的艺术，不足以登大雅之堂，故“士大夫罕有留意”。一代名优如蒲门生、杨盛桃、高玉卿等典籍不收，方志不载，名不见于经传。至于声腔音乐的渊源流变，至今仍是一个谜。直到20世纪50年代中期，才有人开始注意到这个剧种；到80年代，有关文化部门部署编纂戏曲志，这一剧种的研究工作才得以展开。由于年代久远，资料散佚殆尽，纵有存世之记录，也仅寥寥数语，难以从中窥其全豹。加之老艺人中有文化者不多，即使知道一点永嘉昆剧的历史，也难以说清其来龙去脉。

现将迄今为止有关永嘉昆剧的研究情况简述于下。

清光绪年间，瑞安周国琛曾作《昆谱》若干卷，民国《瑞安县志稿》已予著录，此作今无传本，仅剩《序言》一篇。作者是瑞安“弹词班”的重要成员，精通音律，其作品可能与弹词班中的文人雅士们的唱曲有关。据推测，可能是永嘉昆剧的早期声腔。

20世纪50年代中期，永嘉昆剧团的一出《见娘》引起国内戏曲界的普遍注目。著名昆剧表演艺术大师俞振飞专门为此访问了剧团，并与演员合影留念，对《见娘》一剧给予了很高的评价，使剧团受到巨大的鼓舞。该团编剧陈斌在《戏剧报》发表文章，对《见娘》的舞台艺术处理及演员的表演艺术作了较为详细的分析，这是研究永嘉昆剧的第一篇文章。

20世纪50年代中期，温州第一中学教师陈适与永嘉昆剧团的艺人结下了深厚的友谊，经常访问老艺人，刻意搜集永嘉昆剧史料，作有《永嘉昆剧简史》一书。“文革”期间陈适被迫害致死，该书手稿下落不明。

1979年春，唐湜、海岚（叶长海）在《南京大学学报》发表文章，对永嘉昆剧的声腔进行了分析和探讨，提出“永嘉昆剧声腔是海盐腔遗响”这一论点，引起国内戏剧史家与声腔学家的注意。1980

年,文化部顾问马彦祥来到温州,与尚健在的老艺人多次座谈,也得出了类似的结论。著名诗人、温籍戏曲理论家唐湜与人合作,整理出部分《荆钗记》曲牌,分赠国内外专家共同探讨。1985 年,温籍声腔学家郑西村在上海《戏曲论丛》上发表《海盐腔新探》一文,使永嘉昆剧声腔的研究方面又向前推进了一大步。

鉴于永嘉昆剧老艺人连年凋零,后继乏人,原温州戏曲学员训练班学员、苍南人周云沾为重振永嘉昆剧家声,不惜典卖房屋,在老艺人的支持下开办"平阳昆剧学馆",招收学员 30 多人,聘请永嘉昆剧老艺人为教师,学习了一年多后,于 1980 年在温州、平阳各地演出。终因该学馆学员多系农村户口,有关文化部门不予登记,其后亦因经费拮据,生计艰难而宣告解散。

1980 年,苏州昆曲传习所举办"永嘉昆剧艺术传习班",延聘已退休的永嘉昆剧老艺人杨银友、陈雪宝、谢金宝等 20 余人先后赴苏州传艺,传授了《琵琶》、《荆钗》等有永嘉昆剧特色的大小剧目 30 多本。1985 年,原永嘉昆剧团导演李冰应苏州出版的《昆剧艺术》编辑部之约,将该团已故小生演员杨永棠所演之《绣襦记·当巾》一出的舞台调度实况加以记录整理,发表于《昆剧研究》创刊号上。

1983 年以来,温州市艺术研究所副研究员沈沉在搜集温州地方戏曲史料方面做了大量工作,先后在有关报刊杂志上发表了许多与永嘉昆剧有关的文章,如《爱国戏曲作家洪炳文》、《蝴蝶梦及其作者陈一球》、《祖杰戏文与对金牌传奇》、《梨园旧事》、《温州戏曲史话》、《永嘉昆剧溯旧》、《蒲门生二三事》、《一代名优大姆旦》、《阿桃儿与罗丝梦》等。同时还为《中国戏曲志·浙江卷》组织撰写了有关永嘉昆剧的条目。

在编写《中国戏曲音乐集成》的过程中,在温州瓯剧团作曲李子敏和永嘉昆剧团团长叶德远的主持下,其中的《永昆卷》已顺利出版,潘好男、朱璧金、林天文、黄光利等都提供了大量的资料,郑西村还为此写了专题文章。通过几年的努力,使得永嘉昆剧的历史沿革、演出剧目、声腔音乐、表演艺术以及舞台美术等方面有了一定的系统性，为永嘉昆剧艺术档案的收藏提供了良好的基础。

1986年秋，中国昆剧精英汇演在杭州举行，永嘉昆剧团应邀参加，由72岁高龄的老艺人、永嘉昆剧第一代女旦周云娟与66岁的孙彩凤合作，演出了《钗钏记·约钗闹钗》，成为本次汇演中年龄最大的演员，受到观众与同行的欢迎与好评。

1987年5月，温州市举办首届中国南戏学术研讨会，来自全国各地的50多位专家学者参加了会议。为使与会的专家学者能欣赏到慕名已久的永嘉昆剧，在温州市文化局和永嘉县文化局的支持下，召集已退休的部分老艺人，集中排演了《折桂记·灶房》、《窦娥冤·斩窦》、《琵琶记·吃糠》、《绣襦记·当巾》等剧，在温州剧院演出后，受到专家学者的一致好评。1988年冬，中国艺术研究院录像队来到偏辟的山城永嘉县，为永嘉昆剧团的传统剧目进行录像，为永嘉昆剧留下有史以来第一部声像资料。

永嘉昆剧既是南戏的延续，又有着浓郁的地方特色。它之所以受到欢迎，数百年来盛演不衰，最根本的原因在于深深地扎根于人民大众的土壤之中。永嘉昆剧的观众十之八九是农民和城市手工业者，它的活动基地是乡村的庙台，它的生存和成长都和当地的宗教和民俗活动有着紧密的联系，因此也难免带有某些封建迷信的成分。其表演艺术浅俗粗放，和苏昆的高雅细腻形成鲜明的对照。同是昆剧，两者的演出格局、剧目结构直至审美情趣都有着显著的不同。像《牡丹亭》这样的剧作，无论在文学史和戏剧史上都不愧为伟大的丰碑，其中《游园惊梦》、《拾画叫画》诸出，数百年来一直是南北昆剧的看家戏，但永嘉昆剧却没有这种高雅的剧目，充其量也只有一出奇谲怪诞的《花判上任》，雅与俗之不能共赏，于此可见一斑。

其次一个原因是，永嘉昆剧在长期的发展过程中，极少文人染指，因此，它那古朴淳厚的表演风格才得以延续到今天。它的欣赏对象是畦农市女、野老村民、樵夫牧竖之流的下层民众，以及被宗教的激情所灼热的善男信女。永嘉昆剧必须迁就他们的欣赏水平和欣赏习惯，才能获得生存和发展。因此，它也就难以登堂入室去博取文人雅士和闺阁千金们的青睐。因而在某些剧目的演出中，留有一些原始的粗野乃至愚昧，也不足为奇。

1999 年，在永嘉县委县政府的重视下终于成立了永嘉昆曲研究所，编制为 12 人，开始收集、整理、汇编永昆的相关资料并进行抢救性的编排，同时对外进行展示性的演出。到了 2005 年 6 月，永嘉昆曲研究所与永嘉昆剧团合并，由夏志强出任研究所所长和昆剧团团长，正式编制增加到 40 人，逐步形成规范性、研究性和传统性的创作演出。2006 年，已排练演出了《吃饭·吃糠》、《见娘》、《单刀会》、《拷婢》等剧目，产生了很好的社会影响，中央电视台、浙江电视台等媒体都作了专题报道。2007 年 5 月，在中国昆曲优秀演员展演活动中，永昆一位青年演员荣获十佳，永嘉昆剧团的表演开始进一步引起学术界和昆曲界的关注，《光明日报》为此作了长篇专题报道。在永昆的研究中，要特别指出的是温州南戏学者、永昆专家沈沉（又名沈不沉）先生为此付出了大量的艰辛劳动和重要贡献。

对永嘉昆剧这一南戏遗音的探索和研究正在起步并取得了初步成效，相信在今后的艺术道路上，永昆这朵戏曲奇葩会越开越艳。

附：永昆剧本《吃饭·吃糠》

吃饭·吃糠

（人物穿戴）

赵五娘（正旦）包头戴银泡，穿黑苦衫束丝绦，腰束白裙；花鞋。

蔡公（老外）头戴高方巾加焦黄头帕，口戴满苍，穿古铜生褶加束白裙、黑衫裤、白袜、云头鞋，拿拐杖。

蔡婆(丑)苍朋头加黑双鱼头包，穿古铜色老旦褶加束白裙、内衬黑裙、云头鞋，拿拐杖。

(旦扮赵五娘上)

旦 (唱)[薄幸]野旷原空，人离业败。

漫尽心行孝，力枯形惫。

(念)旷野萧疏绝烟火，日色惨淡黯村坞。

死别空原妇泣夫，生离他处儿牵母。

(白)奴家自从儿夫去后，遭此饥荒。衣衫首饰尽皆典卖，家计萧然，况且公婆年老，死生难保，朝夕又无甘旨奉养，只有淡饭一碗，不免请公婆出来充饥则个。公公有请。

(外扮蔡父上)

《吃饭·吃糠》剧照

外 (唱)[夜行船]

忍饥挨饿何时了？孩儿一去无音耗。

旦　　(白)婆婆有请。

　　　(丑扮蔡母上)

丑　　(接唱)甘旨萧条,米粮缺少,

　　　喂呀天呀！真个死生难保！

旦　　(白)拜见公婆！

外、丑(白)罢了。请我二老出来何事?

旦　　(白)请公婆出来用饭。

丑　　(白)老老！有饭吃哉！快些拿来！

旦　　(白)待媳妇儿去拿来。(取饭介)

外、丑(白)放下。

丑　　(白)媳妇儿！

旦　　(白)在。

丑　　(白)媳妇儿！下饭可有?

旦　　(白)没有。

丑　　(白)鲑菜呢?

旦　　(白)也没有。

丑　　(白)老老！老老！前两天吃饭还有点下饭。今日只有饭。再过三两日,连口饭也没得吃了。

外　　(白)妈妈！年成饥荒,有饭吃就好,还要什么下饭鲑菜呵?

丑　　(白)唉！老老吓！

　　　(唱)[锣鼓令]我终朝里受馁,

　　　这点淡饭叫我怎样吃?

　　　媳妇,你疾忙便抬。

　　　老老吓！非干是我有些馋态。

外　　(唱)[前腔]妈妈,你看他衣衫都解,

　　　好菜饭将甚去买?

　　　兀的是天灾,教媳妇儿也难布摆。

旦　　(唱)[前腔换头]婆婆息怒且休罪,

待媳妇霎时收去再安排。

众　(合唱)喂呀！思量到此，泪珠满腮。

看看做鬼沟渠里埋，

纵然不死也难挨，

教人只恨蔡伯喈。

丑　(接唱)如今我试猜，多应他。犯着独吃病来。

他背地里自买些鲑菜，

外　(白)他那里有钱去买?

丑　(接唱)我吃饭他缘何不在?这些意儿真乃是歹!

外　(接唱)他与你甚相爱，不应反面直怎的乖。

旦　(背唱)奴受千辛万苦，有甚疑猜?

可不道脸儿黄瘦骨如柴。

众　(合唱)喂呀！思量到此，泪珠满腮，

看看做鬼，沟渠里埋。

纵然不死也难挨。

教人只恨蔡伯喈。

旦　(白)婆婆耐烦，待媳妇去安排些东西。

丑　(白)你去，你去!

旦　(白)真是哑子吃黄连，难将苦口向人言!(下)

外　(念)荒年有饭休思菜。

丑　(念)媳妇无故把我欺。

外　(念)浑浊不分鲢共鲤。

丑　(念)水清方见两般鱼。

(白)老老！媳妇儿呢?

外　(白)媳妇儿进去了。

丑　(白)媳妇儿进去，莫非背后有什么好东西给自己吃。

外　(白)妈妈！媳妇儿是孝顺的，决没有此事。

丑　(白)你不相信，待我去看。

外　(白)妈妈！你不要去了。

丑　　(白)我要去。(下介)

外　　(白)不要去吧!(随下介)

(旦上)

旦　　(唱)[山坡羊]乱荒荒,不丰稔的年岁;

远迢迢,不回来的夫婿;

急煎煎,不耐烦的二亲;

软怯怯,不济事的孤身己!

衣典尽寸丝不挂体。

几番要卖,卖了奴自己,

怎奈没公主婆教谁看取?

思之,虚飘飘命怎期。

喂呀难挨,实丕丕,灾共危。

(白)奴家已安排早饭与公婆充饥。非不欲买些菜,怎奈无钱去买。不想公婆抵死埋怨,我也不敢分说。

我不免将糠拿来充饥则个。(吃介)唉,糠啊!糠啊!

(冷锣)

(唱)[孝顺歌]呕得我肝肠痛,珠泪垂。

喉咙尚无自牢噎住。

喂呀,糠吓!你遭,被舂杵,筛你簸飏。

你吃尽控持,好似奴家身狼狈,

千辛万苦皆经历。

苦人吃着苦味,两苦相逢,

可知道欲吞不去。

(外、丑上作介)

外、丑(白)你好,你好!瞒着二老,背后吃好东西。拿来,我二老分点吃吃。

旦　　(白)公婆吓!这东西我吃得,你二老是吃不得的呀!

外、丑(白)什么,你吃得,我二老吃不得,快些拿来!

丑　　(白)什么,吃不得,老老!我们抢来吃!

旦　(白)吃不得的吓!

(唱)[前腔]这是谷中膜,米上皮。

外　(白)是糟糠,要它何用?

将它逼逻堪疗饥。

旦　(白)这是猪狗吃的!

尝闻圣贤书,猪狗食人食。

也强那草根树皮,

啮雪吞毡,苏卿犹健。

餐松食柏,倒做神仙侣。

这糠,吓!

丑　(白)老老休要听她说谎!

纵然吃些何虑?爹妈休疑。

奴须是你孩儿糟糠妻室。

丑　(夺碗介)(白)呵呀老老吓,果然是糠吓,媳妇儿,你吃了几时了?

旦　(白)吃了半年多了。

丑　(白)啊呀老老吓,媳妇儿同我儿只做了两月夫妻,倒吃了半年糠,我与你做了一世夫妻,却没有吃过。老老,你我大家分点吃吃。

旦　(白)你吃不得的呀!

丑　(白)唉!你吃得,我就吃不得!?大家分点吃吃。(吃介、噎死,外吃介,昏倒)

旦　(白)婆婆醒来!婆婆醒来!呵呀婆婆吓!

(念)[雁过沙]

他沉沉向冥途,

空教我耳边呼,

我不能尽心相侍奉。

反教你为我归黄土,归黄土。

(白)啊婆婆吓!公公,公公!

外　　(白)你婆婆死?

旦　　(白)婆婆死了!

外　　(白)啊——婆婆死了?待我去看看。(看介)啊呀,妈妈!(哭介)

(白)婆婆啊……(哭介,同下)

平阳戏曲

古老文明的平阳，地处古东瓯，是个历史悠久、人文荟萃的古县，属吴越文化范围。晋太康四年(283)建县至今，已有1700余年的历史。经过祖先长期的开垦繁息，过去的山崖海澨，斥卤林莽，今已成为富饶沃土的渔米之乡。这里自然环境得天独厚，国家级风景区南雁荡山，钟灵毓秀，奇峰怪石，深壑幽洞，绿水逶迤，修竹茂林，相映成趣；位于鳌江口的南麂列岛，似一串珍珠散落在东海万顷汪洋之上，碧波荡漾，岛屿错落，沙滩晶莹，这里是全国贝藻类最集中、品种最繁多的岛屿，被列为“国家级海洋自然保护区”。

南宋时，温州杂剧的形成，高腔、昆腔、乱弹、和调开始在民间流传兴起；人称傀儡戏的提线木偶、布袋木偶、杖头木偶等班社星罗棋布；鼓词、莲花、渔鼓、走马灯等民间曲艺，走村串户演唱。正如南宋诗人陆游在温州为官时诗云：“夕阳古柳赵家庄，负鼓盲翁正作场。身后是非谁管得，满村听说蔡中郎。”在民间更有“平阳出戏子”之说，这都说明当时平阳的民间音乐文化相当发达。所以当地学者都把平阳当成南戏故乡。

新中国成立之后，古老的传统文化得到了进一步的抢救、挖掘和继承发扬。

1992年被评为“温州市先进文化县”，1994年被评为“浙江省模范文化地区”，1996年被省政府命名为“浙江省文化先进县”，1997年被国家文化部命名为“全国文化先进县”。

一、历史沿革

平阳是南戏的故乡。元、明、清时南戏大量吸收了外来的艺术，形成了南北戏曲的合流，使平阳民间戏曲艺术逐渐走向完善与发展，昆剧、和调、乱弹、木偶等民间班社，星罗棋布。到了清咸丰、同治年间，在民间较有名气的有昆班“同福”、乱弹“老锦绣班”、和调“金福连”等几十人班社。据刘绍宽先生主编的《平阳县志》及沈不沉先生的《蒲门生二三事》记载，最著名演员有平阳蒲门生，姓叶名连金，平阳蒲门人（今划苍南县），因为他擅演生角，于是有“蒲门

作者在平阳县腾蛟乡“忠训庙”古戏台前（摄影：周锦平）

生”之称。据传说他塑造《十五贯》中的况钟、《金印记》中的苏秦、《千金记》中的韩信、《八义记》中的程婴、《玉簪记》中的潘必正等等，都是别的演员望能莫及的。蒲门生不但是个优秀名演员，同时还能编写剧本，温州昆剧中至今还保留着的《花鞋记》、《杀金记》二剧，便出蒲门生手笔。

又如昆剧老艺人章兴姆、杨永棠，和剧的杨大伦、陈美娟，乱弹阿金、陈茶花等一批名演员都出身于平阳。由于平阳戏班多，演员多，古有“平阳出戏子”之称。当时戏班都是民间班主制，均由班主自行聘请，演员可自择搭班。

到了20世纪初，京剧在温州戏曲舞台兴起，再加上兵荒马乱，军阀混战，温州的民间地方剧种开始走向衰落。班社散的散，演艺人员改行，有的归田，有的流落街坊村头卖唱，过着连乞讨也不如的生活。

新中国成立前夕，留下奄奄一息的和剧、乱弹、昆剧、木偶、布袋等班社，也已支离破碎，朝不保夕。

二、戏曲新生

解放后，在原"新太顺"、"胜富连"等班的基础上，成立了"平阳人民和剧团"；原来"新金福连"、"新福连"等班社则定名为"平阳红旗京剧团"；以原新民提线木偶剧团为基础，抽调其他木偶演员组成"平阳新民提线木偶剧团"；以陈友三布袋木偶剧为基础成立了"平阳联友布袋剧团"。

平阳忠训庙古戏台

1955年原来的萧山人艺越剧团，在陈剑秋、商小红、金婉贞等人带领下由浙北来平阳落户，登记为"平阳越剧团"，选举商小红，陈剑秋、项秋童为正副团长。由县直属领导的，除京、和、越及两个木偶剧外，还有50多个民间提线木偶和布袋木偶剧团。当时人称"平阳戏曲占了温州地区的'半个天下'"。文革期间平阳戏曲夭折。

1978年自党的十一届三中全会之后，平阳县的戏曲得到了恢复。一是改"县毛泽东思想文艺宣传队"为"平阳京剧团"；二是调回部分还有能力为戏曲事业作贡献的流失演员；三是向社会公开招收一批越剧、京剧、木偶学员进行培训；四是组织老剧作家以老带新，创作剧本，以解决剧团无剧本状况。

1979年至1985年，戏曲处在恢复阶段。这个阶段里，随着平阳、苍南分县，平阳京剧团划归苍南，平越、平阳木偶团划归平阳。

1980年老剧作家尤文贵和姚易非创作木偶儿童剧《时钟飞转》，他还创作了越剧《嫦娥奔月》、越剧现代戏《金鸡报晓》，并和王咏剑创作越剧古装戏《才女梦》。这些戏获得许多奖项，1994年越剧团参加全国小百花越剧节会演，朱晓萍、苏素云获银奖，项逢玲等2人获铜奖。1995年越剧团青年演员卓淑微等人参加全国越剧在嵊州市举办杯赛中，卓淑微、苏苏等人分别获得二、三等奖。同年县政府还聘请了越剧大师傅全香任县小百花越剧团艺术顾问，傅全香吸收朱晓萍、王学玲为弟子。1997年朱晓萍被评为“浙江省越剧新十姐妹”之一。

尤文贵创作越剧《憨痴传奇》，于1987年参加市三届、省四届戏剧节演出，获得多项大奖。该剧还被拍成录像，由浙江电视台播放，西泠印社为该剧出版戏剧并向全国发行。尤文贵学生郑朝阳创作越剧宫廷戏《宫墙柳》于1989年在省五届戏剧节演出获得了17项大奖。尤文贵培养的第二个学生施小琴创作的越剧宫廷戏《出宫回宫》，1992年参加省第六届戏剧节演出，又取得多项大奖。施小琴创作的越剧《范蠡救子》一戏，参加市戏节演出，又获得多项奖。该剧由尤文贵与施小琴合作改编成上中下三集电视剧，由中央电视台和浙江电视台播放，获电视剧“飞天奖”创作二等奖。尤文贵与郑朝阳合作的越剧上下集电视剧《仇家姑娘》，由中央电视台一频道播放，作为向“世妇会”在北京召开献礼节目，获得电视剧“飞天奖”创作二等奖。尤文贵改编的南戏《杀狗记》受到省内外戏剧专家好评。温州市推出“南戏新编系列工程”，四个剧目中尤文贵师徒三人就占了三个。

三、昆剧在平阳

平阳戏剧最早以文字记载下来的，是清乾隆平阳贡生张綦毋

的《船屯渔唱》(抄本现存平阳图书馆),有诗道:

儿童唇吻叶宫商,学得昆山弋阳腔。

不用当筵观鲍老,演来舞袖亦郎当。

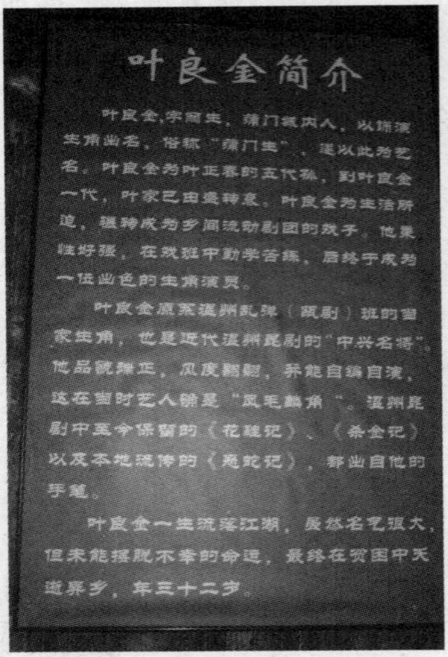

可见当时除成人班社外,还创办了儿童戏馆。

清乾隆、嘉庆年间,由于乱弹、和调的兴起,昆剧逐渐衰落。同治年间,擅演乱弹班小生的平阳人叶良金——人称“蒲门生”(出生于今苍南蒲门镇),为重振昆剧,与杨盛桃、蔡阿种、陈银桃等二十多人,组成了“同福昆班”,到各地演出。他们演艺精湛,剧目丰富,有《花鞋记》、《杀金记》、《恶蛇报》等。这些剧目都是叶良金自己编写,今还保存。可惜他由于劳累过度,竟于三十二岁时英年早逝。叶良金逝世后,由台柱演员杨盛桃接任班主。光绪二十年(1894)班名改作“新同福”。

温州苍南蒲门镇叶良金故居简介

杨盛桃人称“阿桃儿”,能演旦角或生角。他演戏十分认真,且能随机应变。据薛钟斗在《戏言校记》中记载:一次他与炳虎同台演出,炳虎扮考官,他饰考生。炳虎忽然不按原题,而自撰一联曰“雨打桃花落”,命盛桃应对。这突如其来的命题,盛桃略一迟疑,环顾台下,见田中油菜花成云,即对曰“风送菜子香”。观众为之叹服。“同福”与“新同福”,演员阵容整齐,演艺水平高,堪称当时浙南戏班之冠。

高玉卿人称“大姆旦”,是平阳昆阳白石河人,原以裁缝为业,十八岁时进入平阳“如意乱弹班”学旦角。因其扮相俊美,嗓音甜润，名噪一时，民间有曰："看了大姆旦，三天不吃饭。"

高玉卿戏路较宽，正旦、贴旦、悲旦、花旦都得心应手。他演《摘桂记》中《打肚》一出最负盛名，"大姆旦打肚"，在浙南一带几乎家喻户晓。20世纪30年代初，他因右腿患风湿性关节炎，已不能登台演出，"新同福班"鉴于他的名声，仍请他随班以壮声威。一次在台州演出《琵琶记》，由他亲授的姓陈弟子饰赵五娘，演至"吃糠"时，台下观众齐声呼喊，要"大姆旦"出场。掌班阿桃儿无奈，只得让高玉卿柱拐杖上场。他一上台，台下掌声经久不息。"一出《琵琶》三根杖，赵五娘有三条腿"，被传为梨园佳话。

高玉卿门下弟子不下二百，如永昆的名旦章兴姆、李魁喜、周云娟等，都为温州昆剧的传承与振兴作出了不可磨灭的贡献。

温州苍南晏公庙古戏台的匾额

民国23年(1934)，平阳宜山人(今属苍南)陈青锁出资创办"江南春儿童昆剧社"，招收十二三岁儿童学戏。他自任教师，同时聘请几位昆剧老艺人来任助教，学会了《荆钗记》、《合莲记》、《匿锁记》、《金麒麟》等四本昆剧，于次年正月在宜山镇正式演出。由于京剧迅速兴起，他又聘来一位京剧教师，教学《四杰村》等京剧折子戏，在昆剧正本戏之前演出，班名改为"江南春"。这个儿童戏班一度演红瓯江南北。"七七事变"起，国人奋起抗日，平阳县政府以加强地方治安为名，禁止班社演出，"江南春"勉强支持到民国29年(1940)，终于解散。

解放后的1951年,"江南春"与"新同福"、"新品玉"、"一品春"等星散在各地的昆剧艺人,又聚在一起组织成立了"温州地区巨轮昆剧团",1954年划归永嘉县,改称"永嘉昆剧团",而这个永嘉昆剧团中的老艺人大部分来自平阳。

四、平阳和剧

1. 平阳和剧

平阳和剧原称"和调班",是由平阳民间马灯调演变而来,富有平阳民间乡土气息。它流行于温州、台州、处州及福建的闽东一带,也是温州地方一大剧种。

和剧始于明代中、后期,据记载,是平阳人林椿,又名"阿桃"首先组班,名为"和合班",以村坊马灯调、民间小调及时调为主要曲调,演员大多来自马灯班。

清光绪初年,平阳新陡门村开设一个和调班戏馆,弃高腔、昆腔而习皮黄。当时,请来徽州艺人徐小山、马四川执教,教习部分徽班剧目和唱腔,也吸收部分温州乱弹。于是逐步形成以徽调为主(徽调:包括吹腔、高拨子、二黄、西皮),兼唱乱弹、时调、滩黄等多声腔的剧种。当时,和剧班社成立了不少,先有老连昌、新连昌、老聚昌等,接着又有新新连昌、合记连昌、老锦昌、新锦昌、红舞台、鸣舞台、老大顺、新大顺等十多个和调班,平阳县内和调盛极一时。

和剧的表演生活气息浓厚,具有粗犷、自然的艺术风格。长时期内各类角色均由男演员扮演,直至40年代后期才有女演员入班。早期上演剧目有《昭君出塞》、《湘子度妻》、《瞎子捉奸》、《走广东》等,只有十八出小戏。到了清中期,增加到八十四本老戏。民间把这八十四本老戏归纳成四句话:"七记八图,四缘三配,三带两剑,二珠三球。"演不了这八十四本老戏,就称不上和调班。

这八十四本老戏是:《牡丹记》、《银桃记》、《宝山记》、《素珠记》、《千帕记》、《罗衫记》、《珠砂记》、《天启图》、《西川图》、《万寿图》、

《二皇图》、《金鸡图》、《双狮图》、《日月图》、《龙虎图》、《铁弓缘》、《画图缘》、《两世缘》、《忠义缘》、《烈女配》、《龙凤配》、《乾坤配》、《雌雄剑》、《鱼藏剑》、《碧仁珠》、《大龙珠》、《绣花球》、《日月球》、《彩郎球》、《宇宙锋》、《大金镯》、《二度梅》、《九龙峪》、《铁龙山》、《借风台》、《继母贤》、《永乐亭》、《双潼台》、《寿阳关》、《花田错》、《下南唐》、《节义贤》、《双玉镯》、《对金钱》、《状元谱》、《金蝴蝶》、《棋盘山》、《闹琼花》、《五熊阵》、《青石岭》、《翠云宫》、《洪飞洞》、《双蝴蝶》、《江东桥》、《下陈州》、《曾头市》、《玉龙头》、《七星庙》、《青龙头》、《父子会》、《丝韬党》、《梅花阁》、《擒王侯》、《临童山》、《绣鸳鸯》、《闹天宫》、《玉蜻蜓》、《银灵关》、《九龙灯》、《兰香阁》、《长生乐》、《三桂花》、《南楼记》、《金珠衫》、《七封书》、《玉灵关》、《大香山》、《吊龙钱》、《老君堂》、《感恩亭》、《双珠记》、《还魂带》、《兰腰带》、《乾坤带》等。

2. 平阳和剧与南戏的关系

平阳是南戏的故乡。南宋时，温州杂剧的形成，高腔、昆腔、乱弹、和调开始在民间流传兴起；人称傀儡戏的提线木、布袋木、杖头木等班社星罗棋布；莲花、渔鼓、走马灯等民间曲艺，走村串户演唱。正如南宋诗人陆游在温州为官时诗云："夕阳古柳赵家庄，负鼓盲翁正作场。身后是非谁管得，满村听说蔡中郎。"在民间更有"平阳出戏子"之说。

平阳和剧，原称"和调班"，是温州南戏故乡的一朵瑰丽的奇葩，至今已有300多年的历史。和剧原是南戏在平阳与平阳民间的马灯调融合演变而来，富有浓郁的平阳民间乡土气息，流行于温州、台州、处州及福建闽东一带，是温州地方的一大剧种。

又如昆剧老艺人章兴姆、杨永棠，和剧的杨大伦、陈美娟，乱弹阿金、陈茶花等一批名演员都出身于平阳。由于平阳戏班多，演员多，因此才有"平阳出戏子"之称。当时戏班都是民间班主制，均由班主自行聘请，演员可自择搭班。

作者在古戏台前(摄影:王文胜)

改革开放以来,随着经济的发展,古老的平阳旧貌换新颜,文化事业也谱写了历史新篇章,在各个文化领域中取得了前所未有的新成就、新辉煌。中央电视台《音乐戏曲》栏目同志也慕名前来对平阳的戏曲活动进行文化采风,并于5、6月份分别在中央电视台的三、四、八套节目中播放了《京腔京韵在平阳》、《剧作家尤文贵访谈录》、《平阳戏鼓喧》等三个专题,播出24次,总时间长达240分钟,这是史无前例的。

五、平阳木偶戏

木偶戏,又称傀儡戏,有中国“戏剧之祖”之称,是流行在浙江南部地区民间艺术形式之一。平阳木偶戏在温州地区有着悠久的历史和独特的魅力。平阳民间称之为“木头戏”。

南宋时的都城临安,由于城市经济的繁荣,文化艺术得到进一步发展。当时在勾栏瓦舍演出的“诸色伎艺”,就有杂剧、唱赚、弹词、傀儡、影戏、角抵、杂技、杂耍等。同时出现各种各样行会组织,如参与编戏文脚本的文士才人有书会组织,较有影响的有古杭书会、武林书会、敬思书会等。“诸色伎艺人”也有自己的集社,如杂剧艺人“绯绿社”、唱赚艺人的“通云社”、影戏艺人的“绘革社”、相扑表演的“角抵社”、演唱耍词的“同文社”、清乐演奏的“清音社”、演讲小说的“雄辩社”等。

1. 木偶戏班的组合与分工

平阳民间提线木偶戏班,一般由5至7人组成,也有4人班和

9人班。4人班为前台操作表演1人,司鼓1人,正吹1人,副吹兼拉琴1人。4人班俗称木偶小班,适合高山偏僻少数几户或几十户人家演出;5至7人班,前台操作1至2人,后台5至6人。平阳木偶戏班一般7人为多,前台操作木偶表演2人,其中1人作助手。前台操作者,一本戏从头到尾要站在木偶台的小屏风后面,两手都要提线板(丁字板)操纵木偶的表演,1人还要兼几个角色的唱腔和白口,特别演那武打场面,双手要提好几个木偶,而且还要舞刀弄枪、翻跟头等各种表演。前台操作人员是过去木偶戏班头号人物,一般木偶班的班主均系前台操作人员。过去木偶戏班的班名一般均以操作者姓名为该木偶戏班的班名。音乐组(后台)指挥(司鼓师傅)1人,坐在木偶舞台左侧前方,既能看到前台表演动作,又能指挥后台整个乐队。指挥除了掌握鼓、单皮(鼓板)、三粒板、小梆子外,有时还要兼打小锣,又要兼角色唱腔和道白。鼓板师是后台1号人物,仅次于前台操作师。木偶班中的正吹为后台的第2号人物,负责吹唢呐、笛子,拉主胡(京胡或板胡),还得兼剧中人物说、唱。后台的三号人物即打锣、打钹子,兼拉二胡及剧中角色说唱。乐队其他人员搞弹拨乐器的,如弹三弦、月琴等。有的班子中还配有1人负责杂工,给前后台人员送茶送水兼伙食工作。大的班子还有1人专门负责联络台基演出业务,俗称"戏鼓",专门为戏班子打前站,安排演出路线,使班子演出路线顺,不中断。

2. 木偶戏班的演出与活动

平阳民间木偶戏班,人员都来自农村亦农亦艺的民间艺人,有父子班、兄弟班、散搭班。在平阳北港麻步、水头、山门、腾蛟及矾山等乡下,一个村庄就有好几个木偶戏班。一人一班的布袋木偶班,又称"布袋担",有的一家父子各一个班,一家出现几担布袋木偶。这些亦农亦艺的木偶戏艺人,农忙务农,农闲组班演出,有的边演出边给乡村红白喜事人家做"日子",又称"吹打弹唱班"。他们以农为主,木偶演出活动作为副业。

这些自发组织、自愿结合的班社，一般由班主在每年的古历十二月封班。聘请落实人员，每年的正月初一起班演出，在正、二月期间每天要演出2场（白天下午场、晚上场）。春节至清明这段时间是木偶戏演出旺季，清明后一般歇班回家春耕。在这期间如遇农村庙会，临时集中演出，这叫“额子戏”。到了秋收后，又是木偶戏班演出的黄金季节，农村处处庆丰收，还社愿，庆庙会神诞等，一般从古历九月末演出至十二月过年前才封班。

3. 木偶戏班的行头与道具

木偶戏班的行头道具比较简单，一般5人小班只有两只戏箱，一只戏箱装木偶，一只戏箱装锣鼓钹等乐器和小道具，另加一捆搭木偶戏台用的20多根竹子及幕布。过台基时两只戏箱一个农民就能挑走。竹把子及琴类都是演职员自己随身带。

到了一个新台基（演出点），演职员们自己动手，利用竹把子装搭好舞台，前后把几十个木偶理得端端正正挂在舞台左右竹架子上，周边围幕布。台前方一块小屏风，屏风前一般留有80公分宽、2米长的空间作为木偶表演舞台，操作人员站在屏风后操作，台口前方挂上布帘，上用金线绣成“×××木偶班”的班名，下挂彩色套须，使台下观众看不见幕后操作者。一般前后2个小时就能搭好舞台，并把几十个木偶一个个整理挂好，以备演出。

木偶小舞台如在宫庙里演出，即装搭在庙里的戏台上。如农村没有庙台，可用木板临时装搭在大屋厅堂或道坛上即可演出。

布袋木偶戏更方便，一人一个木偶担，布袋台装在一只戏笼或一张小方桌上，一个人坐在蒙布的布袋台内，用拇指、食指和中指套住木偶头和两手进行表演，两只脚敲打锣鼓钹，生、旦、净、末、丑各行当唱念演一个人全包。这样的布袋戏在楼台亭阁屋檐下和厅堂、庙台等处均可演出。布袋戏台一般高2米左右，上节木雕宫殿式飞檐，古香古色金碧辉煌，内外四根台柱刻有金字对联四周蒙布，留一木偶表演台口，操作者坐在镂空的屏风后面，通过镂空格子可看见观众和自己的操作表演。布袋戏大部分流行于讲闽南方言地区，因此演出道白也均讲闽南方言。

布袋戏的行头道具轻巧、方便，宜于农村山乡流动演出。

4．木偶戏班演出传统与习俗

木偶戏在演出中传统习俗是：

① 演出前，打开锣头通，又名催场，是告诉观众戏将开演，请观众进场。如果离开演时间较早，台下观众还少，这时头通可反复打长些。如离开演时间短，台下观众已很多，头通可打短些。

② 头通打过后，接着打“八仙”。八仙分大八仙、小八仙。一般在头一天，为了向观众展示班里服装行头和木偶戏子弟阵营的整齐，在打大八仙中，几十个人物上台亮相，台下观众看后会“啧啧”称赞班内行头新和整齐，吸引观众好感，头家也会把红包特别加重。打八仙收红包也是传统习俗，俗称“利市包”。

③ 对班里的木偶，不能叫“木偶”，更不能叫“木偶头”和“柴头儿”，也不能叫“傀儡”，班人都称它为“木偶弟子”，或“弟子”二字。

④ 在一个台基演完最后一场戏时，要进行洗场，又称扫台。旧俗以为演出期间吸引神鬼前来观看，以防其在此游荡影响地方平安，一般由“关公”，有的班社也用祖师爷“田都元帅”，手提“关爷刀”，在一阵锣鼓号声中，边舞边念：“本台戏已演毕，叩请东南西北四方神灵，有庙归庙，有宫归宫，各回神位。无方小鬼勒令速离，不得在此游荡，确保地方太平，急急如律令！”念毕放下台帘，班友立即拆台。

⑤ 木偶戏班在外演出中，内部传递信息或交换意见过程中，只能用业内行话对话。行话也叫“测字”，外人称“黑话”。

⑥ 平阳民间木偶戏班传统行话。

木偶班内的行话，现已考来由，如今只知上代师太传给师公，再由师公传给师父，再由师父一代一代口传下来。据平阳木偶剧团老艺人张增周（83 岁）、庄国乾（78 岁）、卓乃金（74 岁）等人回忆，经常用到的有以下行话（括号内为行话）。

演出方面：人戏(大跳台)，木偶戏(小跳台)，演出(跳花老)，戏台(弯台)，木偶(弟子)，不演(过验)等。

人物方面：朋友(双月)，女人(关老)，大姑娘(花)，轻佻(抖花)，小姑娘(斗角)，孩子(剪孙)，人(码子)，男人(丈八)，老太婆(老目莲)，老太公(老千)，个(匹)，主人家(点王)……

生活用语：吃饭(收翻桑)，碗(旦)，吃(耕)，点心(点肚)，喝酒(收三点)，菜(棋盘事)，桌(棋盘)，好(配司)，不好(糟司)，大肚子(月土横人)，烟(熏老)，房子(檐口)，床(拖庭)，睡(拖条)，厕所(宫廷)，大便(出宫)，小便(摆柳)，肉(流宫)，鱼(摆尾)，红包(举子)，钞票(春风)，走(弓)，多(双夕)，少(点八)，白天(太阳头)，黄昏(太阴头)，肚饿(海清)，没有(经验)。

数字：一(溜)，二(月)，三(弯)，四(卒)，五(中)，六(拢)，七(星)，八(排)，九(纠)，十(溜底十)，十一(留溜)，十二(留月)，十三(留弯)……百(炮)，一百(溜炮)，千(匹)，万(草头)……

艺人们在对话中，如“对面走来几个女人，有人说当中那人漂亮，左边那个轻佻，右边那个难看，后面一个大肚子了”。用他们的行话说：“那边过来几匹关老，当中那匹配司，左边那匹抖花，右边这匹糟司，后面那匹月土横人了。”

又如说：“白天主人桌上菜少，饭只吃一碗，现在肚饿了。”行话说：“太阳头点王棋盘的盘子点八，耕翻桑只耕溜旦，现觉得有点海清了。”又如说：“晚上去喝酒。”行话讲：“太阴头去收三点。”

木偶戏班中的行话，共师不共祖，各地各有一套。泰顺县行话叫做“暗语”，如干活叫“操长工”，演戏叫“操弯”，唱戏叫“杨花落”，木偶人叫“挑板生”，一叫“留丁”，二叫“双尾”，三叫“桃园”，四叫“地”，五叫“提手”，六叫“龙鞭”，七叫“雪清”，八叫“过海”，九叫“重阳”，十叫“手关”。

5. 演出中的禁忌

古话说，国有法，民有约，班有规。作为木偶戏班，不管是散搭班、家庭班、兄弟班、父子班、个人布袋等，自古以来，都流传着不成文规矩，也称禁忌与习俗，班主要求是非常严厉和认真的。民间木偶戏班社班规和禁忌有十多条，因一些老艺人过辈，有的已经失传。据健在木偶老艺人回忆有以下几个方面：

一忌跳班。木偶艺人认为在演出中途跳班是最不道德的。据木偶世家卓思方等三代裔孙、平阳木偶剧团国家二级演员、现已七十四岁退休担任平阳木偶剧团顾问的卓乃金老先生介绍说："爷爷卓思方在民国初年组班时，聘了一位后台鼓板师陈某，在平阳木偶戏界很有声望，一次到北港水头乡下演出时，另一班给他增加一个指数聘他，他半途离班出走，给演出带来严重影响，结果'发白'（通报）各木偶班，使大家都不敢录用，最后他只得跑到文成县去偷偷另搭散班。从此平阳木偶戏班自那时起，组班后，谁也不能挖墙脚（挖角色），谁也不能半途跳班。"

二喜狗忌猫。过去木偶戏班艺人不能打狗，更不能食狗肉。传说狗是木偶祖师爷养的。班里遇上狗，俚语讲"狗造化"，碰上好运气的意思。但不能遇上猫，猫是倒霉预兆。木偶戏班在搭台或演出时，遇到猫在戏箱上走过，班主要立即拿起剪刀在猫走过的地方用左手狠抛过去，晦气即解。木偶艺人爱狗忌猫至今还在流传。

三忌木偶头变精。过去每年年终封箱，都要把木偶头放在大锅里用汤煮煎过。老艺人张增周说，木偶是有灵性的，如果不把它煎煮一次，怕它会成精，在煎煮时连木偶戏神、王老先生的头偶都要放在滚汤里煎过。据老班艺人传说，那个嘴巴会张眼睛会动的王乞佬（祖师之一），曾在演出过程中，独自到外面店里以木偶戏班名义去买东西赊帐。一年煮一次，出班时重新绘上颜色，一是加新木偶头像，二是防变精怪。如今一年一度煮木偶头这个习俗已弃除了。

四忌台席躺人。过去木偶戏舞台屏风前后板上铺一条草席，作为台毯。传说在清末民初时，平阳麻步夏桥"新玉台"木偶戏班在灵溪沪山庙宇演出，装搭好木偶戏台后，留下一个新进班学员看守，看台上铺着一条草席，他即躺下休息，呼呼大睡。班主林声讨看到后立即厉声呵斥，说他不懂班规，倒彩头。因为躺在前台席上，这就是意味“倒台”。当天下午，师傅即到街上买来一条新台席，把老台席送到远远的河边烧掉。至今木偶戏台的台席无人敢躺，无人敢坐。

五忌捆竹把子时发出声音。平阳木偶戏小舞台是竹竿子搭成一个方架，竹竿便是木偶戏舞台的柱和梁。每到拨台基时，把竹竿子连同台席捆成一捆这叫竹把子。捆竹把子如有碰撞发出“咯咯”响声，预示本班下台基会“生口牙”(吵架)，不是与地方吵，就是班内同事吵。拨台基捆竹把子班主都要自己亲手仔细轻轻地捆缚。

六忌将祖师爷填箱底。木偶戏在农村巡回演出期间，每三五天就要过(拨)台基，即这个地方演完到下个地方演。每次过台基要卸台，到新台基要装搭台。20 世纪 20 年代民国时期，北港闹村地方阿悻木偶班，音乐组新来一个人员装木偶箱子时，把挂在木偶台左角最高的木偶戏祖师爷王老先生装在箱底。第二天班主阿悻打开箱子，一看即发呆了，只见箱内木偶乱糟糟一团。结果全班八个人为整理这一箱六十多个木偶子弟线板，整整理了一天！这就是后人所传的“木偶祖师爷翻箱底”的故事。所以平阳木偶戏班均要把祖师装在箱的最上面。

七忌鼓板架翻倒。在木偶戏班中，几百年来流传着“鼓是令，板是命”，班中鼓板师傅是木偶后台的第一把椅子，每到戏开演打头通以前几分钟，鼓板师第一个就位，先敲两下鼓，“咚咚、咚咚”，后台人员个个到位。头通过后，鼓板师“扎、扎”敲两下鼓板，乐队人员校琴对音。如果这两下鼓板不敲，乐队人员都不得校琴调音。如果不小心把鼓板架碰倒，认为这是不吉利的象征，非出祸事不可。民国时期平阳水头占家埠陈体钟木偶戏班，一次演出前不小心将鼓板架钩倒，就在那天晚上，班中一后台人员倒开水，结果一脚踏空，跌倒台下，摔得头破血流，据说这是鼓板架翻倒之故。

八忌带酒上台。酒有酒神，木偶艺人如喝了酒，会酒神附身，昏昏沉沉，台词倒转讲，木偶倒头揭，喝酒是木偶戏演出中的大忌。木偶戏戏金低廉，人员较少，班内不开伙房，每到一地都是到农民家里吃"派饭"。派饭就是由当地头家把木偶戏班人员分到各农户家里去吃饭。户主人也很敬重木偶艺人，普通称×××先生，每到吃饭时，户主人即来班里请。班规很严，一到户里讲话要有礼貌，不能乱讲、多讲；二在饭桌上不能坐上位；三吃饭不狼吞虎咽，要斯文；四不能喝酒，要婉言谢绝劝酒，绝对不能带酒上台。谁带酒上台，要扣罚红银（指打八仙等头家送来的红包），严重误事者解聘。

九忌演出时交头接耳，说笑话，以免误场。

十忌演出吸烟。木偶戏班的艺人，大都有吸烟的习惯，大部分吸的是旱烟和水烟，都在演出前吸个过瘾，上台演出后，只能利用空隙时喝口茶。50 年代初期南雁吴思招"琴娱"木偶戏班，剧中王揭老（丑角）嘴会张，会吸烟，会吐烟，演毕入台时，木偶嘴里还吸着烟，后台一个拉胡琴先生从木偶嘴里拿下烟蒂，吸了几口，遭到班主严厉批评。

6. 木偶戏剧目

木偶戏传统剧目繁多，由于历史悠久，很多戏已经失传，现根据木偶老艺人回忆，分别列表记录于下：

（一）传统剧目一览表（连台戏类）

剧目名称	类别	来源	备注
南游传（娘娘戏）	神话	温州鼓词改编	13 本
西游记	神话	小说改编	30 本
东游传	神话	神话改编	12 本
封神演义	神话	小说改编	14 本

续　表

剧目名称	类　别	来　源	备　注
绿牡丹	历史剧	小说改编	12本
征东	历史题材	小说改编	17本
征西	历史题材	小说改编	17本
隋唐演义	历史题材	小说改编	12本
反唐	历史题材	小说改编	18本
三国演义	历史题材	小说改编	12本
包公案	历史题材	小说改编	12本
呼延传	历史题材	小说改编	6本
杨家将	历史题材	小说改编	11本
月唐演义	历史题材	小说改编	20本
七子十三生	历史题材	小说改编	14本
江湖四侠女	历史题材	小说改编	11本
雌雄梅花剑	历史题材	小说改编	5本

（二）传统剧目一览表（单本类）

剧目名称	类　别	来　源	备　注
华阳道	传统剧	移植	单本
朱家墓	传统剧	移植	单本
辕门斩子	历史题材	移植	单本
牛郎织女	神话	故事改编	单本
白蛇传	神话	和剧移植	单本
劈山救母	神话	移植	单本

续　表

剧目名称	类　别	来　源	备　注
李三娘	传统剧	移植	单本
珍珠塔	传统剧	乱弹移植	单本
送花楼会	传统剧	移植	单本
追鱼	神话	移植改编	单本
狸猫换太子	历史剧	京剧移植	单本
虹桥赠珠	故事	和剧移植	单本
三打白骨精	神话	绍剧移植	单本
五显大帝	神话	神话移植	单本
紫金山	神话	祖上流传	单本
宝莲灯	神话	和剧移植	单本
三姐下凡	神话	移植	单本
漂纱记	家庭戏	传统戏	单本
江边会	爱情类	传统戏	单本
双牡丹	爱情类	传统戏	单本
卖花记	爱情类	传统戏	单本
取战袍	历史	传统戏	单本
铁龙山	历史	传统戏	单本
游天府	神话	传统戏	单本
双情义	爱情	传统戏	单本
双义节	家庭戏	传统戏	单本
花鼓记	家庭戏	传统戏	单本
石香缘	家庭戏	传统戏	单本
碧仁珠	家庭戏	传统戏	单本

续 表

剧目名称	类别	来源	备注
金眼膜	神话戏	传统戏	单本
珠砂记	家庭戏	传统戏	单本
白扇记	家庭戏	传统戏	单本
珍珠球	家庭戏	传统戏	单本
临江验	家庭戏	传统戏	单本
牧羊卷	家庭戏	传统戏	单本
秦香莲	宫廷戏	传统戏	单本
金龙鞭	宫廷戏	传统戏	单本
鸳鸯带	家庭戏	传统戏	单本
碧桃花	家庭戏	传统戏	单本
张羽煮海	神话戏	传统戏	单本
卖葱菜	历史戏	移植	单本
春草闯堂	传统戏	移植	单本
兰腰带	家庭戏	传统戏	单本
王华买文	传说故事	改编	单本
兰香阁	历史故事	传统戏	单本
双玉杯	历史故事	传统戏	单本
百花楼	历史故事	传统戏	单本
金花记	历史故事	传统戏	单本
龙珠记	历史故事	传统戏	单本
天 山	历史故事	传统戏	单本
芦花记	历史故事	传统戏	单本
莲花庵	爱情故事	传统戏	单本

续 表

剧目名称	类 别	来 源	备 注
忠义报	故事传说	传统戏	单本
绣龙凤	故事传说	传统戏	单本
金鸡山	故事传说	传统戏	单本
四窍会	故事传说	传统戏	单本
张来卖母	故事传说	传统戏	单本
钱生朱锭	故事传说	传统戏	单本
七星台	故事传说	传统戏	单本
玉盏白鹦	故事传说	传统戏	单本
翠花	故事传说	传统戏	单本
黑蛇报	故事传说	传统戏	单本
双金花	故事传说	传统戏	单本
审写盘	故事传说	传统戏	单本

（三）传统剧目一览表(彩戏类)

剧目名称	类 别	来 源	备 注
江边会	彩戏	传统戏	单本
观音会	彩戏	传统戏	单本
老少配	彩戏	传统戏	单本
定太平	彩戏	传统戏	单本
寿阳盔	彩戏	传统戏	单本
借子贤	彩戏	传统戏	单本
龙凤呈祥	彩戏	传统戏	单本
八宝会	彩戏	传统戏	单本

续 表

剧目名称	类　别	来　源	备　注
花鼓记	彩戏	传统戏	单本
父子会	彩戏	传统戏	单本
摇钱树	彩戏	传统戏	单本
云头送子	彩戏	传统戏	单本
王德金	彩戏	传统戏	单本
百花楼	彩戏	传统戏	单本
碧匣剑	彩戏	传统戏	单本
赵国求寿	彩戏	传统戏	单本
永乐王看灯	彩戏	传统戏	单本
刘备招亲	彩戏	传统戏	单本

（四）传统剧目一览表（折子戏类）

剧目名称	类　别	来　源	备　注
水漫金山	神话	改编	尤文贵
断 桥	神话	移植	平阳木偶团
武松打虎	小说	改编	尤文贵
火焰山	神话	移植	集体
刘海戏金蟾	故事	移植	集体
盘丝洞	神话	移植	集体
真假猴王	神话	移植	集体
花灯缘	神话	改编	杨轲
闹天宫	神话	移植	单本
哪吒闹海	神话	移植	单本

续表

剧目名称	类别	来源	备注
花果山	神话	移植	单本
打面缸	故事	移植	单本
小牧牛	儿童剧	移植	单本
徐策跑城	历史剧	移植	单本
走广东	歌舞剧	移植	单本
白鹿堂	历史	移植	单本
盗仙草	神话	移植	单本
空城计	历史	移植	单本
四郎探母	历史	移植	单本
上天台	历史	传统戏	单本
二进宫	历史	传统戏	单本
武家鼓	历史	传统戏	单本
大登殿	历史	传统戏	单本
秋香戏要	故事	传统戏	单本
送京娘	故事	传统戏	单本
祭旗	历史	传统戏	单本
七擒孟获	历史	传统戏	单本
打龙袍	历史	传统戏	单本
探阴山	历史	传统戏	单本
钓金龟	彩戏	传统戏	单本
取长沙	历史	传统戏	单本
九件衣	历史	传统戏	单本

续　表

剧目名称	类　别	来　源	备　注
三司会审	历史	传统戏	单本
郭子仪拜寿	彩戏	传统戏	单本
回乡	彩戏	传统戏	单本
一封书	彩戏	传统戏	单本
封官	彩戏	传统戏	单本
上京	彩戏	传统戏	单本
跳船	彩戏	传统戏	单本
南帕	彩戏	传统戏	单本
收马芳	彩戏	传统戏	单本
韩湘度妻	彩戏	传统戏	单本
卖草屯	歌舞	传统戏	单本
医龙眼	民间故事	传统戏	单本
朱砂痣	民间故事	传统戏	单本
翠平山	民间故事	传统戏	单本

（五）新编现代剧目一览表

剧目名称	类　别	来　源	作　者
半夜鸡叫	现代	改编	木偶剧团集体
金沙江畔	现代	移植	木偶剧团集体
东海小哨兵	现代	移植	木偶剧团集体
解放一江山	现代	创作	木偶剧团集体
是我错	儿童剧	改编	木偶剧团集体
桌凳对话	儿童剧	创作	木偶剧团集体

续　表

剧目名称	类　别	来　源	作　者
这里没有你的份	儿童剧	创作	施振眉
时针飞转	儿童剧	创作	尤文贵 姚亦非
蓝星星之歌	儿童剧	创作	施小琴
神琴飞进大森林	儿童剧	创作	顾天高
神奇的雀翎	儿童剧	创作	施小琴
中山狼	儿童剧	改编	木偶剧团集体
东郭先生	儿童剧	改编	木偶剧团集体
黑猫与白猫	儿童剧	改编	木偶剧团集体
深山采药队	现代	改编	木偶剧团集体
舞狮	小品	创作	木偶剧团集体
要猴	小品	移植	木偶剧团集体
车技	小品	移植	木偶剧团集体
济公	小品	移植	木偶剧团集体
孙悟空考小明	课本剧	创作	木偶剧团集体
老猴与小猴	儿童剧	创作	木偶剧团集体

丽水戏曲综述

丽水市，古名栝州、处州，位于浙江省西南部，东与温州通衢，东北和台州接壤，北与金华交界，西南和衢州毗邻，南与福建相连。武夷山系与括苍山脉横贯全区，瓯江水流网织各县。全市“九山半水半分田”，面积约17000多平方公里，聚居20多个民族共240多万人口，其中汉族232万，畲族8万。该地春秋战国时期属越；秦属闽中郡；汉属东瓯国土，后并入会稽郡；三国(吴)时分属临海、东阳二郡；晋为永嘉郡和东阳郡属地；隋开皇九年(589)始设处州，治所在栝苍(今丽水)；尔后处州曾改称栝州、永嘉郡、缙云郡等；明称处州府；清袭明制，统辖丽水、景宁、龙泉、庆元、遂昌、松阳、宣平、云和、缙云、青田十县；民国初年处州和温州合为瓯海道；1927年废道制为省县二级制，旧属各县直属于省；抗日战争时期为第九行政区；中华人民共和国成立后，设丽水专区，1952年专区撤销，邻县分别划归衢州、温州、金华专署管辖。1963年恢复丽水专区。1970年起改专区为地区，直至2000年撤地建市。辖地除宣平已属金华地区外的原旧属九县，其中丽水县改为莲都区，市行政中心驻地在丽水市莲都区。全市丛山广布，峡谷众多，间以狭长山间盆地为其地理特征；瓯

遂昌石练镇的群众“七月会”庙会期间在看戏

江主支流沿岸为主要农业区；经济作物主要有茶叶、烟叶、蚕桑、水果等；土特产以香菇、木耳、笋干、黄花菜著称；龙泉青瓷、宝剑，青田石雕、竹丝画帘，缙云木雕，云和玩具，遂昌鸟笼等传统手工艺品闻名于国内外。境内山水秀丽，胜境众多：缙云仙都、青田石门洞、丽水南明山和通济堰、松阳延庆寺塔、遂昌含砰洞、云和惠明寺、龙泉大窑遗址，以及凤阳山、九龙山、百山祖自然保护区等人文景观，无不古姿新颜，今胜于昔。

偏处浙西南山区的丽水地区，其交通、经济、文化等方面虽称不上发达，但由于自然条件的得天独厚，在特定的历史条件下，又有其特殊的历史地位，该地方历来受政治和军事上动荡的影响，比之他地要轻微得多。在宋宣和二年(1120)爆发的由方腊领导的农民起义，声势浩大，波及六州五十二县，“江南由是凋瘵，不复昔日之十一矣”(《容斋逸史》)。而正与此前后，处州却在大兴“通济堰”等农田水利治理。南宋松阳县令张尊之在《松阳八咏》中称“绝好松阳县，人烟万户余，年丰兴礼让，士众颂诗书。百货堆廛市，三农颂里闾。四民皆乐业，安堵庆何如”，描述了当时该地物阜民康、繁荣安定的太平景象。相传在宋建炎、绍兴年间，高宗赵构因金兵追逼南下温州、处州一带，战乱使得这一带既成了皇家贵族的避难之所，自然也是难民(包括“路岐人”)的落脚之地。两宋时，处州的文化可称繁荣，据《处州府志》记载，丽水、青田、缙云、松阳、遂昌、庆元等七县共有进士 846 人，其中 531 人是中举于南宋的；在唐圭璋先生《宋词四考》中介绍，两宋的词家在处州也不乏其人。如青田汤思退，有词于《词综》；丽水梁世安有词于《奥西金石略》，章良能有词于《绝妙好词》，姜特立有《梅山续稿》；龙泉管鉴，有《养拙堂词》、《次韵赵德庄词》；尤其是松阳的张玉娘，为宋代女词人中的佼佼者，当时即有女诗人之名，被比之为东汉的班昭。她自幼爱文墨，尤长诗词，有《兰雪集》传世。《浙江通志》中有其名，《松阳县志》上有其传，《中国女诗人》里有其诗篇。她的诗词多抒写个人心情，特别是倾诉爱情上的不幸。赵景琛先生称“女词人张玉娘”是

“一出希腊大悲剧”。她的事迹，明代著名剧作家孟称舜作有传奇《贞文记》流传至今。

农村剧团的演员往往都是多面手

处州，亦当是南戏的发祥地之一。

明徐渭《南词叙录》称南戏于“(宋)宣和间已滥觞，其盛行则自南渡，号曰‘永嘉杂剧’，又曰‘鹘令声嗽’”。祝允明云：“生、净、旦、末等名……此本金元谈吐，所谓‘鹘令声嗽’，今所谓‘市语’也”(即市巷间通行的“道儿话”)。“声嗽”是语音唱念的腔调，“鹘”即“鸹”。《韩诗》云：“孔子尝闻河上人歌曰‘鸹兮鹘兮，逆毛衰兮……’，鸹即鸹鹘，亦即栝苍。”明人汤显祖在处州遂昌做知县时有诗，其题为“乙未平昌三拜朔矣，平昌(即遂昌)属栝苍，常见呼老鸹云”，内有句“飞凫又作朝天去，太史应占‘老鸹’”。隋唐时，遂昌、松阳一带与永嘉都曾属栝(苍)州管辖。“鹘伶”，就是宋人对台州、温州、处州一带优伶的称呼，“鹘伶声嗽”亦即“栝伶声嗽”(《戏曲与浙江》)。古人称南戏将“鹘伶声嗽”与“永嘉杂剧”相并提而为名，当是很自然的事，这一“市语”倒也为后人探索、研究我国古代南戏的产生和形成启示了新的途径和更为开阔的视野，不拘泥于永嘉之一点而放眼于温、处、台之一片，以至整个南宋辖地，至于古南戏形成之时，处州一带有什么样的组织形式，以什么样的演出方式，其表演特色与所唱乐调又如何等等情况，尚待进一步考证。清中叶增修的松阳县《叶氏宗谱》有载："栝郡之梨独别之，曰娥，其箫管之声异于凡乐。"当地老人说是指兴发于明末的地方戏"松阳高腔"，这也不无参考价值。从可查资料得知，松阳高腔是处州最古老的剧种，在清乾隆以前已有班社组织在各地巡演，既有乾隆时戏班巡演实录陈迹，也有当时手抄《拾义记》等曲本流传至今。其唱

松阳枝木村古戏台

辞以长短句的曲牌为体式，格律不严，律辞俗化和俚词律化的现象并存；其唱腔浙南山区韵味很浓，且时而放高甩腔的演唱方式很为别致；其表演古朴粗犷，民间性很强。许多迹象显示这是南戏的后裔，在艺术上似乎保留着某些古戏的痕迹。

据《处州府志·杂志》、《丽水县志·古迹》中记载，元至正时，永嘉人高则诚在处州任职期间曾寓城西"悬藜阁"撰写《琵琶记》。

清康熙处州府尹刘廷玑咏悬藜阁诗中有句:“琵琶一曲写幽怀,自是千秋绝妙才。歌舞场中传故事,蔡邕真个状元来。”嘉庆时,处州教谕董游诗咏:“衰草幂寒烟,何处寻遗鞠。箫管满山城,正唱中郎曲。”说明了处州(丽水)不仅是古今戏曲论家所推崇的“南戏之祖”、“南曲之首”——《琵琶记》的撰写地之一,并且也是这个戏的盛演之地。《琵琶记》是松阳高腔传统剧目之一,由于戏班的流行,该剧目也得以普及,戏中赵五娘和蔡伯喈两个主人公也早为处州、金华、衢州等松阳高腔流行地人们所熟知的戏剧人物。

遂昌汤显祖国际学术研讨会期间的节目表演(2006 年 10 月)

正当传奇兴盛剧坛之时,我国著名戏剧家汤显祖于万历二十一年(1593)成为处州府遂昌县县令,他在职五年,不仅为民做了除虎患、劝农事、兴文教等许多德政美绩,还提笔写了“霍小玉公案”,完成他的著名剧作“四梦”之一《紫钗记》的定稿,同时又蕴酿策划其举世佳作《牡丹亭》。在任期间,常与戏曲作家理论家郁兰生、王骥德等人密切交往,探讨创作;与戏曲友人吴拾之、姜旭先等人切磋曲艺,“琴歌嬉戏”;公事之余,又曾游历缙云、青田、丽水、龙泉、松阳等地，结识许多同道，写下不少诗篇。汤显祖的创作与社交活动，对当时整个处州的戏曲与文学创作无疑是个促进。

在封建社会里，浙西南山区的人民群众不仅在经济生活上清贫困苦，在人身安全上还受到蛇虫虎豹的严重威胁，其信鬼神、祟术等迷信之风也甚于他地，因而演戏之俗不仅仅是为娱人而忘悲取乐，也为娱神而祈求平安，正如乾隆时，青田《汤氏宗祠建台碑文》记："州县有社令之主，官衙有宣戏之文，各村都保非戏无以答神明、却鬼魅、保平安、除邪祟，爰是而作戏。"由是，家祠庙宇、祭亭会馆等各种类型的戏曲舞台遍布各地乡村。据普查资料得知，自清乾隆以来全区曾建古戏台 1500 多座，为历代戏班提供了广阔的演出场所，演戏风俗名目繁多，演出活动此落彼起，整个处州自然成了民间戏曲活动的盛行之地。

丽水地区层岭叠嶂，交通不便，与平原及沿海地区文化上的交流自然稀疏一些。这种自然条件上的因素致使各地流入的声腔剧种中留有许多古老的艺术形式，年复一年，逐渐成为历史的积淀，在这个地区得以保留。明清以来盛行在处州的主要声腔，目前已知者为松阳高腔和来自金华的昆腔。清中叶后，乱弹、徽戏兴发，在毗邻地区戏曲班社交流影响下，又孕育了具有地方特色的"处州乱弹"和"菇民戏"。处州乱弹，是丽水、松阳、云和、青田、缙云、遂昌等地艺人组班，以唱徽调（皮黄与吹腔）和乱弹（三五七与二凡）两类唱调的各戏曲班社的统称，其剧目和音乐

"秋赛会"整装待发的爷孙俩

与金华徽、乱戏班基本可以互通。所谓“菇民戏”，实际上是由盛产香菇的庆元、景宁二县艺人组班，以唱徽调（皮黄与吹腔）、乱弹（文工与二汉）为主要唱调的各戏曲班社的统称。其剧目和音乐与温州乱弹、福建“北路戏”互通。处州乱弹与菇民戏各自都有许多职业的与半职业的人戏班和木偶戏，常年累月活动于广大山村，适应各地庙会或时令戏俗的需要，满足山区人民戏曲生活的欲望。处州乱弹与菇民戏，自清中叶以来是处州戏曲舞台的主体。曾风靡一时的松阳高腔从清末开始至民国，由于历史的、自身的种种原因已逐步退居到早期的根据地松阳县白沙岗、周安等山村，而山民们却也听惯了自己的乡音，这“白沙岗之土调”（《松阳县志》称）至今仍在松阳、龙泉、遂昌等毗邻山乡不时散发出浓郁幽香。至于昆曲，到了清末民初，仅遂昌一县办有职业性的“叶群玉班”。除此之外，只有 15 支唱班分别在遂昌、缙云、松阳三县民间偶尔坐唱。

中华人民共和国的成立，标志着丽水戏曲事业进入一个崭新的时代。

遂昌农村庙会的道具及龙灯

1949 年冬成立的丽水人民业余文工团，演出了《闯王进京》《桃花扇》《白毛女》《赤叶河》《血泪仇》《刘胡兰》等剧，以丰富的内容，崭新的形式，深受群众欢迎。在其影响下，各地城乡业余文工团如雨后春笋般纷纷建立，演出了大量欢庆解放的剧节目。

1950 年 8 月，省立丽水文化馆、丽水县文教科和缙云、龙泉、云和县文化馆,派员参加在上海召开的“华东戏曲改革工作会议”,学习中央戏改方针。嗣后,丽水等县成立了“戏曲改进协会”等组织,着手戏曲改革工作。

1951年5月5日,中央人民政府政务院颁布了《关于戏曲改革工作的指示》;5月7日,《人民日报》又发表了《重视戏曲改革工作》的社论,提出了“百花齐放、推陈出新”方针,要求各个剧种在继承传统的基础上,积极创新,“改戏、改人、改制”。

改戏,首先是体制改革,使旧戏班得到改造,成为民间职业戏团。丽水地区的“菲菲越剧团”、“拥和婺剧团”、“红旗婺剧团”、“史筱梅越剧团”和“劳动剧团”,原来都是旧班社,先后于1951年和1952年间向所在县申请,经登记后分别落实到丽水、缙云、松阳、遂昌、龙泉等县。从1951年至1955年,各县人民政府对这些剧团进行了一系列管理、改革、教育工作,经过学习整顿和民主改革,取消了“班主制”,建立了新的领导班子;取消了“行头税”和“包银制”,改为“拆账制”;建立了工会、团委,加强了政治思想工作;政府又从文教部门抽调干部为辅导员进驻剧团,帮助改戏,在调整领导班子、充实新生力量、提高演出质量、增加演出收入、加强财务管理等方面,都做了大量工作,使全区五个职业剧团的精神面貌和演出质量大为改观。1955年4月至6月,根据中央文化部颁发《民间职业剧团登记管理工作条例》的规定,各县又对上述剧团进行登记、定点和定名,成为集体所有制的丽水县越剧团、缙云县婺剧团、松阳县红旗婺剧团(后遂昌与松阳并县,为遂昌婺剧团)、遂昌县越剧团和龙泉县越剧团。从此,各职业剧团得到所在县政府的直接领导和关怀,走上健康发展的道路,艺人的社会地位显著提高,受到人们尊重。

在完成戏曲团体的体制改革之后,对古老戏曲艺术进行“推陈出新”的全面改革,逐步减少“路头戏”,清除旧戏中恐怖、猥亵和低级庸俗的舞台形象。通过招收学员、培训艺术骨干,加上外地的人才支援,增添了新生力量,使各个剧团前后台行当齐全,新秀辈出。

老艺人也青春焕发，老葩重艳，在继承传统、培养戏曲后代中发挥了重要作用。各剧团普遍建立了导演制、剧本制，一改旧时先生说戏，演员“台上见”的“路头”作风；音乐唱调开始定腔定谱；舞台美术开始使用灯光布景，提高了舞台艺术效果。上演了《碧桃花》《火烧子都》《杨八姐游春》《闯王进京》《王老虎抢亲》《梁红玉》《千古奇恨》等一批经过整理加工或改编的传统戏和《白毛女》《两兄弟》《李顺达》《罗汉钱》等现代戏。1949年以来，专业剧团多次参加金华、温州两专区举办的各类戏曲会演，促进了创作水平和艺术水平的提高，戏曲改革工作取得了显著的成绩。

缙云“二月七”庙会期间的婺剧《天之娇女》表演

在专业戏曲队伍进行改革的同时，群众业余戏曲改革工作也在全区城乡展开。

解放初期，各种自发组织的业余剧团，为庆祝解放演出了大量的戏剧节目，为当时剿匪反霸、减租减息以及土地改革和抗美援朝等运动起了很大的促进作用，但这些剧团有的是过去活动在农村的旧戏班，有的只会演传统戏，不适应新编戏或现代戏，即使有时也勉强上演新戏，但在唱、念、做等艺术表达上仍是传统旧式，部分剧团中存在一些不良习气也影响着群众戏曲的提高和发展。地、县文化部门，根据1951年1月全省戏改工作会议提出的“帮助健全农村业余剧团”的精神，通过会议、培训、会演等途径，加强了对农村业余剧团的组织领导和艺术指导，使广大农村业余剧团的戏曲活动沿着正确轨道健康发展。1953年2月，省文化局组织全省农村剧团就地会演，全区有 250 多个剧团参加了这一活动，使城乡春节文化生活格外丰富多彩。在这次活动中，丽水缙云县碧川剧团的《喜事》，遂昌县社后剧团的《杀人偿命》，松阳古市剧团的《童养媳》，龙泉县城镇剧团的《血海深仇》等剧目和青田港头剧团、景宁县大均剧团的演出都获得好评与勉励。1954 年以后，农村业余剧团纳入了农村俱乐部的轨道，贯彻了“业余自愿”、小型多样、为“政治服务，为生产服务”的方针，提倡用戏曲表演的形式配合中心，成为农村的一支重要宣传力量。在总路线、总任务宣传运动中，各县业余剧团都非常活跃。到 1956 年底，全区已有 228 个农村业余剧团，其中缙云县有 107 个，为全区之最。农村业余剧团绝大多数唱的是婺剧唱调，唱越剧或京剧的为极少数。他们演出活动频繁，既宣传了党的方针政策，又丰富了农民的文化生活。

作者在缙云唐市调研农村戏剧表演(摄影：王建武)

在整顿、发展农村业余剧团的同时，为数不少的半农半艺的山乡“文艺轻骑”木偶戏，也得到了政府的重视和关怀。各县文化部门都把木偶戏的改革列入议事日程。丽水县早在 1950 年就将“章旦班”改建为“丽水县木偶剧团”。1952 年秋成立了“木偶研究会”。松阳县在 1953 年举办了木偶艺人培训班，并试演时装戏。青田对全县木偶班整编为三个团。景宁县将葛山木偶剧团转为新艺木偶剧团，归县直接领导。1956 年，景宁、龙泉两县还举办了木偶戏会演。各县都开展了命名定编登记发证工作，对木偶艺术的剧目、提线、造型、灯光、布景等方面都进行了一系列的改革和创新。古老的木偶艺术如何改演现代戏，各县也都作了探索性的尝试。1965年全区木偶剧团会演中就有遂昌的《智取威虎山》、青田的《林海雪原》、丽水的《红色娘子军》、云和的《审椅子》《老何扎根》、景宁的《红色娘子军》《血泪荡》等剧目参演，并得到广大观众的好评。

党的“百花齐放、推陈出新”的戏改方针和“两条腿走路”、“三并举”的剧目方针，促进了丽水地区戏剧创作的繁荣和发展，在挖掘整理传统戏、创作现代戏和新编历史古装戏方面都涌现出一大批好剧目。

1954年以后，省和温州、金华两区多次举行会演。1956年，省文化局又召开了戏曲创作会议，各县戏曲创作很活跃，仅1958年和1959年的两年中，就有龙泉的《雷雨夜》，青田的《潘香风》《金鸡山》《我的一家》，缙云的《英雄好汉》《党教育下的红旗》，丽水的《三八妇女炼钢炉》，遂昌的《倍加亲》和景宁的《椰林怒火》等新创作的现代戏作品在各地会演中获奖。

1961年，全国贯彻“调整、巩固、充实、提高”的八字方针和《文艺八条》后，戏曲事业迈出了新的步伐。各专业剧团都进行了“翻箱底”，挖掘整理传统戏，丰富上演剧目。如缙云婺剧团根据老艺人的口述记录改编的《双玉镯》《呼必显打銮驾》《情义缘》等剧目，既保留了传统精华，又富有时代的新意，博得观众好评。

新编历史剧的创作也因各地专业剧团增设了编剧，并在文化馆戏曲干部协作之下得以开展。如遂昌县从多方面搜集我国明代戏剧家、文学家汤显祖在遂昌任知县时的德政美绩，编成了婺剧《汤公》。

华东话剧会演后，特别强调现代戏的创作。1964年春，缙云县委抽调文化馆戏曲干部，协同县婺剧团和越剧团编导人员，创作演出了《南山不老松》《翠岭春来早》和《万紫千红总是春》三个大型现代戏。1956年专署文办从各县抽调人员组成创作组，对历次会演中涌现出来的重点剧目《畲庄新歌》《龙头岩》《分配之争》《佛面狼心》进行加工提高。为了繁荣创作，丽水专署在1964年3月举行的新中国成立十五周年优秀剧本评奖后，又于1964年4月、1965年6月、1966年4月连年举行全区性戏剧创作会议和四次全区性的现代戏观摩演出，从中涌现了一大批创作人才和戏剧作品。

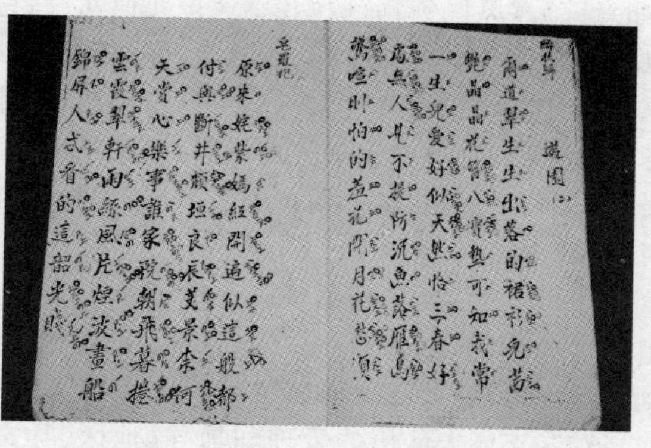

昆曲·遂昌十番《牡丹亭》中的《游园》工尺谱

但是，由于“左”的路线影响，丽水地区的戏曲事业也与全国各地一样，在发展道路上受到不少的挫折和破坏。

农村剧团方面的培训工作，也以崭新的面貌呈现。由于地区群众艺术馆的建立以及各县戏剧辅导力量的加强，使之对群众戏剧骨干的培训能多层次、多形式地普遍开展。其规模之大、内容之丰富，均为前所未有。特别是缙云县从1978年冬以来，县、镇、乡各级共举办了戏曲表演、导演和戏曲音乐培训班20多期，有1000多人参加了学习。地区群艺馆在1980和1981年两期全区文化员业务讲习会中专门开设戏曲表导演知识课，提高区乡文化员自身艺术修养和戏曲辅导能力，促进全区戏曲事业的发展和繁荣。

随着人民群众对文化生活要求的日益高涨，戏曲演出活动的日渐增多，戏曲的创作也日见活跃。地、县文化部门多次举办了戏曲作品加工会和创作剧目观摩调演，积极组织、发动、鼓励、扶植剧本的创作。一批专业和业余作者心情舒畅、思想解放、积极写作，涌现出《汤公除霸》、《八百两》、《衾础缨会》、《俩姐妹》、《冒尖户的亲事》、《莫问奴归处》、《悠悠慈母心》、《玫瑰花》、《特派员》、《血溅玄武门》、《公爱馄饨婆爱面》、《无花果》、《渔侠记》、《石门赠书》、

《如意郎》、《凤凰剑》、《假姻缘》、《俊儿俏女》、《喜盈门》、《镜湖缘》，以及业余剧作《三亲母》、《相亲》、《智宁山》、《夺枪之后》、《悦来店》、《百宝箱》、《三公主》、《退亲记》、《小两口赶路》、《心头肉》、《送行》、《还鸡》、《借粮》、《华芳劝母》、《三拍结婚照》、《小巷春风》、《内当家》、《假戏真做》、《人约黄昏后》等一大批较好的戏剧作品，受到观众和专家的好评。

1980 年后，全区还涌现了一批不拿国家钱，不吃商品粮，有一定艺术水平，不怕吃苦，面向农村的民间职业、半职业剧团。这些剧团的出现，更大范围地解决了广大山区人民看戏难的问题。为加强对这支庞大队伍的管理和辅导，地区、县文化部门制定了《管理条例》。缙云县文化周还专门成立“农村剧团管理小组”，指导和帮助农村剧团解决人员组织、财务管理、剧目建设和艺术辅导等方面的实际困难和问题，使这支民间戏曲队伍与专业剧团一起在城乡不同的演出场合各逞其长，相得益彰。

庆元县大济明代古戏台

戏剧评论和戏曲研究也得到各地文化部门的重视。遂昌、松阳、缙云、丽水、景宁、庆元等县，根据各自实际，都先后组织人员深入民间广泛收集、整理地方戏曲的班社表演剧目、音乐等历史资料，为戏曲研究和巩固发展本地区的地方剧种起到了很好的指导和促进作用。遂昌剧院自 1981 年开始，一直坚持组织剧评小组，开辟剧评专栏，帮助观众看好戏，促进剧团演好戏的经验，深受省、地领导和观众的好评，地区文化局还召开了现场会进行推广。

1983 年后，全区、全省性的戏曲比赛活动增多，省里先后举办了五届戏剧节，地区也相应举办了四届戏剧节，还有许多其他形式的调演比赛活动，有力地促进了丽水戏剧创作和戏曲事业的发展。

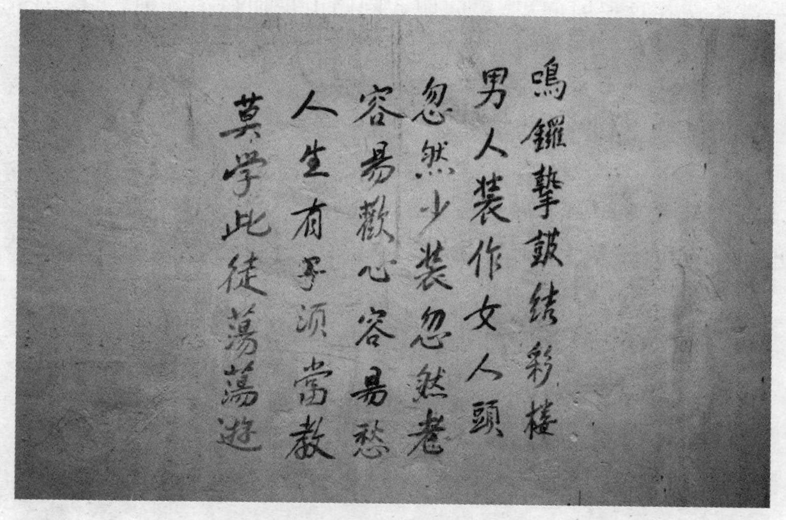

松阳县新兴乡内孟村的有关演戏的壁题

《范进中举》、《黄花案》和大型现代剧《喇叭村》，分别在省第二、四、五届戏剧节获得演出一等奖。丽水市越剧团耿如盈获省第二届戏剧节演员一等奖和全省中年越剧演员精英大赛最佳表演奖。云和县越剧团青年演员钱丽文获省第三届戏剧节“新花奖”。地区文化艺术研究培训中心的朱丽莉和龙泉越剧团的胡炳康、王红卫获省第四届戏剧节青年演员一等奖。在 1991 年的全省第二届戏剧小百花会演中，丽水地区又有一名演员获“优秀小百花”奖，6 名演员获“小百花”奖，一批具有强烈时代气息的戏剧小品在数量和质量上受到省厅领导和同行的注目。几年中，先后已有 16 个剧目在省级以上刊物上发表。《小桥流水》荣获第三届华东地区戏剧小品大赛特等奖。《浓浓的米酒》和《征婚启事》各获全省 1991

年现代戏调演优秀演出奖和优秀创作奖,《男子汉无宣言》获省第五届戏剧节编、导一等奖。《血染的金钥匙》和《多亏老婆保了险》分别获全省明星企业新形象戏剧小品大赛特等奖和一等奖。马新川、刘克宁、朱丽莉、黄美琴等多名演员获小品优秀表演奖和演员一等奖。在这段时间里,民间职业剧团由于加强了管理,也得到了较健康的发展。

由于改革开放的深入,流行歌舞和电视、录像等多种艺术门类的迅速崛起,打破了长期以来作为综合艺术的戏曲一统天下的局面。自 1985 年以来,各专业剧团虽然在管理体制、剧目创作以及表演形式等方面作了许多改革和尝试,但未能改变专业剧团存在的困境。专业剧团如何深化改革,以适应目前的市场经济,还有待于进一步探索。

戏曲发展的历史告诉我们,戏曲艺术始终是丽水广大群众文化生活中不可缺少的精神食粮。戏曲艺术在丽水山区大有用武之

松阳县竹丝村郑氏祠堂古戏台的部分戏题

地，在各个历史时期都起到推动社会前进的良好作用。在今后的前进道路上哪怕是出现各种艰难曲折，人民是绝不会抛弃它的。当前专业剧团的发展虽然处于低谷时期，但只要按照文化部不久前下发的《关于进一步加快艺术表演团体体制改革的通知》精神，深化改革，开拓创新，定能走出低谷，在世界戏剧中独树一帜的中国戏曲艺术，一定会在丽水继续繁荣发展，并以新的姿态、新的成就进入史册。

松阳高腔

一、历史沿革

松阳高腔，源于宋元南戏，兴起于松阳的古市及玉岩一带。民初版的《松阳县志》称："高腔，乃白沙岗之土调。"最迟于明万历年间已经成型，清乾隆、道光年间颇为兴盛，是浙江省八大高腔之一，主要流传于浙南山区。20世纪50年代后，有关专家称之为"戏曲的活化石"。雍正十二年(1734)，松阳古市叶培章称"括郡之梨，独别之，曰娥。而笛箫之音异于凡乐"(载于松阳古市叶氏宗谱《修谱编次》中)，概括地反映了松阳高腔这个具有地方色彩的声腔剧种及其特色。

由于松阳高腔的历史价值和艺术魅力，该剧已于2006年被批准为国家级"非物质文化遗产"保护项目。

松阳高腔的剧目内容、唱腔、音乐和表演艺术别具一格，且从未和其他声腔剧种的班社拼班合演。

松阳高腔的表演剧目极为丰富，原来有"苏"(《金印记》)、"刘"(《白兔记》)、"班"(《脱靴记》)、"伯"(《琵琶记》)，是其当家大戏。已知曾上演的剧目大小计36个，可惜许多已经失演。现在仍能上演的有《芦花记》、《白兔记》、《合珠记》、《黑蛇记》、《火珠记》、《卖水记》、《八仙桥》、《贺太平》、《耕历山》、《三状元》、《聚宝盆》、《造府门》、《鲤鱼记》、《摇钱树》、《夫人戏》等十五个剧目的全本和部分散折。

松阳高腔唱腔属曲牌联缀体，曲牌词常不拘于原曲牌的句式和词格(这可能与其以口授身传的师承方式有关)。唱腔音乐的乐汇丰富，旋律和行腔有其独特的风格。20 世纪 50 至 80 年代间，先后收集、记录、整理的唱腔音乐曲牌有 73 个、插曲 3 个、唢呐曲牌 9 个和常用的锣鼓经。松阳高腔被编入《中国戏曲词典》、《中国戏曲志・浙江卷》、《中国戏曲音乐集成・浙江卷》等。

松阳高腔独特的表演风格和表现手法，在于它保留了粗犷、原始和古朴的风貌，充分体现了"村俗戏文"的特点。每本戏都没有复杂高难度的武打动作，即使是激烈的武打戏，也是武戏文演。角色们在轻松愉快的鼓乐声中，相互配合造型亮相，颇似民间风味的舞蹈艺术。

几百年间，松阳高腔以其优美的曲调和动人的故事为广大群众所喜闻乐见，虽历经几度盛衰，但仍然能长期活跃在民间。松阳高腔保留了戏曲的原始状态，样式质朴，表演自然，地方特色浓郁，因此引起了戏曲界的广泛关注。2002 年 6 月，浙江电视台钱江都市频道《大家》栏目组专程奔赴玉岩镇白沙岗村，对从艺多年的高腔艺人进行了专访；同年 8 月份，《丽水日报》的记者也专程采访了高腔艺人，刊出了特稿。

近两年，文化主管部门多方位、多渠道地对松阳高腔进行抢救和保护，邀请有关专家出谋划策。2003 年 12 月，文化部门以政府配套补助为杠杆，激励高腔剧团拓展筹措资金的渠道，鼓励演员通过集资向社会募集以及有关单位的赞助，共筹集资金 4 万余元，添置了演出服装和道具，基本满足了演出的需要，艺人们热情高涨。2004 年春节期间，高腔剧团重整旗鼓，跋山涉水，到邻近各乡村进行演出，共演出 40 余场，极大地丰富了周围山村群众的节日生活，也使奄奄一息的这朵艺苑奇葩重现光彩。在多方的努力和支持下，松阳高腔被列入了浙江省民族民间艺术保护工程第一批重点项目。2005 年 6 月省政府公布了首批非物质文化遗产代表名录，松阳高腔被列入其中。这极大地鼓舞了高腔的艺人们，有几位八十高龄的老艺人，本着要将这一传统剧种传世后代的信念，极力将自己的艺技和掌握的剧目认真地传授给下一代艺人，希望新一辈能将这古老艺术发扬光大。也正是由于这么一批新老艺人对松阳高腔的满腔热情，再加之政府的重视和有关部门的支持，使松阳高腔的发展有了希望和生机。

松阳县位于括苍山南麓，瓯江上游，东与丽水接壤，西和遂昌毗邻，南与龙泉交界，北和宣平通衔。历史上于东汉建安四年(199)置县，当时辖地甚广，属永嘉郡；明清后皆属处州府。因之地员渐窄，中华人民共和国成立后，1958年撤销，并入遂昌县。1982年复置松阳县，隶属丽水地区。松阳兼有丘陵、平原，自古以来物产丰富，享有"处州粮仓"之美称，俗话说"温州靠平阳，处州靠松阳"。古时松阳确是处州十县中较富庶的一个县。

经多次实地调查，艺人介绍，文物佐证，松阳高腔的形成年代较久远，至迟在清乾隆年间开始就有"新聚堂班"、"秀和班"等职业班社在各地演出。到光绪时，还颇为兴盛，仅松阳一县职业性的班社就有四五个，也有永康、武义、丽水、龙泉等地的艺人参加。它以松阳、遂昌、龙泉一带毗邻山区为中心，经常被约请到外地巡回演出，曾东至丽水、青田、温州、泰顺，西到龙游、衢州、江山、开化，北上宣平、永康、缙云、金华、义乌。据前辈艺人相传，曾到过绍兴，进过杭州，也曾"出省"到过江西玉山、上饶和福建浦城等地。历史上它流行面较广，与其他高腔、剧种的交流、影响也较多。约在19世纪后渐趋衰落，不复有职业班社，以至为人所罕知。

至20世纪50年代，它以松阳高腔为名。1959年浙江婺剧团曾邀请松阳高腔艺人进行演唱录音，才保留了部分极其珍贵的音乐资料。

1979年组织成立了以周安、枫坪、玉岩等村庄的一批中年艺人为主体的业余高腔剧团，恢复上演了《夫人戏》、《合珠记》、《卖水记》、《摇钱树》、《耕历山》等十八本大戏和一些散折小戏，丰富了浙南山区人民的文化生活，同时在演出实践中为该剧种积累了一些宝贵的艺术资料。

1982年松阳县恢复建制后，县文化局和松阳县文化馆在扶植已成立的玉岩高腔剧团的同时，又支持白沙岗村办起了戏班。

松阳高腔这支富有山村特色的声腔音乐不仅为浙南山区群众所喜闻乐见，而且它也能适应更多地区人民的欣赏趣味。1959年浙江婺剧团演唱松阳高腔的小戏《磨豆腐》，很受观众欢迎；1985年浙江音像出版社出版了该剧唱片(DB－I0027)；1981年丽水地区创作的松阳高腔《八百两》，参加浙江省业余文艺会演而得奖，省广播电台曾屡向全省播放，影响面不断扩大。

二、演出方式

松阳高腔的班社有人班和傀儡班两种。

人班的艺人大都是同乡人和同宗族世代袭传，不以科班授受，因此它的地方性较强，其班社一般以二十三四人左右组成，分前台(演员)、后台(乐队)、箱房、班主等几种成分。

前台有：正生、大花脸、小花脸、小生、老生、付末、正旦、花旦、老旦、贴旦(小旦)等十个正脚，其中以正生、正旦最重要。

后台分：鼓堂(板、鼓兼帮唱)
正吹(笛、唢呐、先锋)
付吹(主二胡、唢呐)
小锣(兼帮唱)
散手(大锣、大钹兼二胡)

以上正生、正旦、正吹、鼓堂、大花脸、小花脸为高腔班中六个大名分。

箱房：一般是2至3人管理头箱(服装)、盔箱(盔、帽、靴)、散箱(刀、枪、道具等)，此外还兼管账房和戏路联系(也称“写戏”)等任务。

班主：戏班的负责人，他不同于戏老板，有的班社是公议推有威望的艺人担任，也有的班社是以行头主为班主的。

松阳高腔历代班社名及艺人名皆无传(有待现今艺人家族查询)，唯有清代有名花旦何光庆(枫坪村人)，遂昌、松阳一带艺人及群众盛传他曾到过杭州，杭州“太府”曾请他吃过饭。

松阳高腔发源地之一的白沙岗村

傀儡班一般是4至6人组成，多半亦由家族代传，浙南一带的傀儡都是提线傀儡，提线艺人俗称“傀儡先生”，也是一班之主，演出、演唱都由他担任，亦以他的名字为班名。其后台（乐队）分：

鼓堂（板、鼓指挥并兼打小锣和帮唱）

正吹（笛兼吹大唢呐、先锋）

付吹（主二胡兼大唢呐）

散手（大锣、大钹兼二胡）

过去松阳、遂昌、龙泉、丽水、龙游一带民间有10多个傀儡班演唱松阳高腔。松阳高腔中有一个为山区人民所喜闻乐见的戏，叫《夫人传》。所以，在清代末期以后，多数傀儡班已改唱乱弹和徽戏为主，但《夫人传》一直保持演唱松阳高腔至今，由于它人少轻便，宜于在山区流动，历来是过去山区人民主要的文化娱乐活动之一。在职业性的人班散没的时期内，傀儡班始终演唱未衰。松阳高腔在浙南山区有它的群众基础，这与傀儡班所起的普及作用是分不开的。

人班和傀儡班的演出方式有它的同一性，大都是演庙会戏和时令戏，除此就是在松阳一带的农村唱“闹冬戏”和“百日戏”，这些习惯性的演出活动过去都是由当年当地“头首”（每年轮流理事的人称）向各行业集资或在庙会、祠堂公产中开支。

三、演出剧目

松阳高腔的剧目比较丰富，其最具有代表性的传统戏《夫人传》未见于各文著，其故事、情节亦不与历史上众剧目相同。它是连台本戏（当地人习惯称《夫人戏》，又名《九龙角》，丽水一带又称《十四夫人》），有人戏班和傀儡班两种演出本。人戏班分三册（即三本）演完，傀儡班一般分十二本演完。光绪年间遂昌县应村的"邱顺德班"，是当时较红的一个傀儡班，从头到尾，长达十四本。《夫人戏》大致是衍福建福州府古田县法师陈上元之女陈真姑上庐山投师学法，平妖伏怪，救度良民的传奇故事。剧中有蔡状元造洛阳桥、观音与吕洞宾斗法、夏得海入海投文、九良星争座位、观音梳妆、蛇妖作孽、法清法通茅山学法、陈真姑庐山学法、苏麻岗斩白蛇、斗野猪妖、南庄庙救法通、收木鱼精、金殿斗蛇妖等许多民间传说。人戏班则选取其中一部分，它源起何时，不可考查。从人戏班中陈真姑的台步，颠耸而行及其他方面，似乎提供了某些源自傀儡的丝迹。这个戏故事情节生动，生活气息浓厚，是松阳高腔流行地区群众最熟悉、最爱看的一个戏。它的故事自古以来一直在浙南山区和闽东一带流传着，浙江温州等地的民间鼓词说唱也有此曲目。丽水、金华两地区的农村木偶剧团凡能演《夫人传》的，也都是唱松阳高腔的。松阳高腔虽然隐迹几十年，但至今松阳、遂昌、龙泉、丽水、衢州、金华一带的老年人，一提

与蓝孝文老师一起调研松阳高腔

到松阳高腔就指说《夫人传》。有的老年人还传说“宋朝年间妖魔多，幸好出了陈真姑”。山区人民过去把陈真姑奉为消灾免祸的精神依托。松阳县民间一些老太婆，还把陈夫人的身世和事迹编成顺口溜，作为给受惊小孩入睡时念的“压惊咒”。

这个戏表演上有特色，唱腔上有风格，群众喜闻乐见。有一段时间，因其中有神怪而停演。1980 年遂昌县文化馆曾经在全县木偶戏会演期间，特地组织了几位木偶班老艺人并台试演了《夫人戏》中《南庄庙救法通》一个选本，引起各界的广泛兴趣。过去经常上演的大戏 34 个共 39 本，散折小戏 5 个，现将这些戏目列举于下：

《琵琶记》（又名《蔡伯喈》）

《白兔记》（分作《玩花记》、《赶白兔》、《拜刀记》三本）

《合珠记》（衍高文举故事有《扫怒会》等折）

《黄金印》（即《金印记》衍苏秦故事，分前后金印两本）

《芦花记》（即《单衣记》衍闵子骞的故事）

《九龙套》（有祁老颁兵等折）

《耕历山》（衍虞舜在历山开荒事）

《火珠记》（衍孙悟空收野鸡妖故事）

《判乌盘》（衍包公审乌盆故事，系《乌盆记》中散折）

《五台会兄》（衍削发为僧的杨五郎兄弟相会一节，系《昊天塔》中散折）

《八仙桥》（衍彭祖求寿故事）

《造府门》（衍李开中认宝故事）

《三状元》（衍公孙胜、公孙朝、公孙麒麟故事）

《黑蛇记》（衍继母不贤故事，有大闹饥荒等折）

《摇钱树》（衍四姐下凡故事，共二本，下本为《赐神剑》）

《九世同居》（衍张公艺故事）

《贺太平》（又名《太平春》）

《绣花针》（又名《七绣针》）

《聚宝盆》(衍范丹,石胜故事)

《卖水记》(又名《后花园》,衍李彦贵故事,有王桂英《讨祭》、《活祭》等折)

《葵花记》(衍高彦成、孟石娥故事)

《鲤鱼记》(即《观音鱼篮记》,又名《鱼篮会》、《双包》)

《白蛇记》(有《汉卿见娘》、《书房托付》、《投江别子》、《拿夫造城》等折)

《全十义》(即《十义记》,有《良桥分别》、《关忠相会》等折)

《三世音》(又名《三秀英》,见清乾隆时班社题字)

《鹿台》(见手抄本,有《劝农》、《上朝》、《受罪》等折)

《白鹦哥》(又名《泮葛》,有《金殿下棋》等折)

《采桑记》(又名《双贞节》,有《老包水牢》、《开司审问》等折)

《一文钱》(有《小骗富荣》等折)

《忠义堂》(有《文显招军》等折)

《三代相》(有《唐望花灯》等折)

《三元坊》(有《断机教子》等折)

《脱靴记》(有《班超脱靴》等折)

《送米记》(有《安安送米》等折)

后期由乱弹和皮簧戏影响,吸收的一些散折小戏:《三闯辕门》、《奔走范阳》、《全呆卖布》、《街坊卖纱》、《王小二过年》等。

又据艺人们说:"苏、刘、班、白"(即苏秦《金印记》、刘知远《白兔记》、班超《脱靴记》、蔡伯喈《琵琶记》和"三白"《白蛇记》、《白鹦哥》、《白兔记·出猎》),七本戏最难演,也最具有代表性。

四、表演特点

松阳高腔的表演艺术很粗犷,富于生活气息,技巧上既古老又别致。

如《卖水记》里王桂英活祭李彦贵一出,监斩官上堂,坐在高桌后,开口"天上冷秋秋,地上滚绣球,大炮一声响,鲜血满地流"一段干念，和同一戏的《落店》、《捉拿》二出中赵大唱的[九连灯]和[叠字令]曲牌，都不配乐，而是演员自己拍双掌来自定节拍，口念数板。

又如《夫人传》里陈真姑的造型和表演都很别致，头系红布条带，身穿蓝衣白裙，手执灵刀、龙角，一耸一耸地踏着有节奏的颠步及其一些“舞蹈”性动作，傀儡戏的痕迹比较明显。

松阳县石仓后宅村感应寺古戏台

另一方面则具有浓厚的民间色彩，如上述《卖水记・活祭》一出，王桂英表演上的幅度较大，加上感情朴实真挚，造成了强烈的舞台气氛，动人心弦。

再如《火珠记》里孙悟空斗野鸡妖时，后台用大唢呐吹奏着[华光调]（见器乐曲牌4例），加上两个角色在这轻松的鼓乐声中进行互相配合的、造型性的表演，与其说是一场激烈的搏斗，倒不如说是比较风趣又具有民间风格的双人舞，使这段戏增添了神话色彩。

松阳高腔的表演当然与兄弟剧种有许多是相同的，如果说到它的特色，似乎可以认为：古朴（包括傀儡）和民间灯彩歌舞的综合。

五、音乐特色

松阳高腔是从宋元南戏形成后，在浙江山区松阳县民间产生的一个高腔剧种，它与各地高腔有着一些共性：

1. 其声腔系统属曲牌联接本，有散唱的引子、尾声，有上板的诸曲牌，有带散的曲牌，有曲中尖滚的曲牌等。

2. 有后场帮唱。

3. 有板、鼓、锣等打击乐器助节定拍。

松阳高腔与别处高腔有所不同，自成一格。试分述如下：

（一）松阳高腔的语言以当地方言官话为其舞台语。在唱腔和念白中带有较浓郁的当地方言音韵，行腔中又常用当地民间小调里的“啊”、“呀”、“咦”、“呢”等衬词演唱，既通俗易懂，又有浓厚的乡土味，而且在《夫人传》里的小丑法清这个角色全讲松阳土语很风趣，这又与高腔剧种的“错用乡语”、“随令土俗”情况相同。

（二）松阳高腔的曲牌虽其名称与各地高腔及昆曲多有相同，但字数、词格和曲调则大不一样。

（三）部分曲牌曲调可能和当地的民间歌谣有一定的关系，如《卖水记》中[月儿高]曲牌的散起和当地民间的[摇篮曲]很相似。

（四）部分曲牌带有夹滚——包括叠字叠音和相对稳定的、简单的短乐可反复。

（五）松阳高腔因属曲牌本，但在它的成长发展过程中（或因受到其他剧种音乐的影响），已产生了上下句板式变化结构的因素。

1. 许多曲牌虽沿用了南北曲牌的名称，但其词格却有整齐的五字句或七字句，连同其曲调并为上下句式的单段式，且词句通俗。如《三状元》中[风入松]曲牌：

我儿一去未回归，

使我心中常挂念。

前面人马闹洋洋，

想是我儿转还乡。

我坐画堂等儿回，

我坐画堂等儿回。

又如《芦花记》中[新水令]曲牌：

我提起笔来表画，
画不尽那万般容。
(天上) 月可画，不能画其明，
星可画，不能画其尽，
水可画，不能画其深，
人可画，不能画其气。
画龙画虎难画骨，
知人知面不知心。

2. 在曲调上也产生上下句式的因素。

3. 有的曲牌已发展成教板头，上板加滚、唱散、再接尾声结束的结构。如同婺剧乱评中(芦花头)[芦花原板]再接[落山虎]的格局非常接近。

4. 有的唱腔格局已很像板式变化体的样式，如《火珠记》中孙悟空救甫荣时，两者的一段连唱(见唱腔曲牌 48 谱例)：甫荣[倒板锣]后唱[倒板]二句，再接唱二句高腔[落山虎]曲牌。孙悟空紧接唱小调[划龙舟]结束，但这种变异很难说是正常现象，以音乐效果上来说也不是很协调，使剧种声腔成了鱼鲁亥豕，不过这种情况很少见。

(六) 松阳高腔的帮腔一般有三种形式：

1. 句尾帮腔不带唱字

这种形式往往是在行腔的唱词结束后紧接着以一个衬词作为帮腔的唱词而形成的一种帮腔。如下例 1(选自《鲤鱼记·送茶招亲》，吴陈俊唱，刘建超记谱。注：以下谱例除署名外均为刘建超记谱)：

(注："↓——"为帮腔记号)

2. 句尾带字帮腔

这种形式是在唱腔的结束句中唱词的倒数一个或数个字上构成的一种帮腔形式，又可分为帮一字、帮二字、帮三字等。

例 2：(1) 帮一字(选自《三状元》，吴大水唱)

例 3：(2) 帮二字(选自《判乌盆》)

例 4：(3) 帮三字(选自《赐神剑》，吴大水唱)

3. 曲末全句式帮腔

这是指对整句唱腔都进行帮腔的一种帮腔形式，往往出现在唱段的结束句上，更加强化唱腔的艺术渲染力和终止感。

例 5：(选自《八仙桥》，吴大水唱)

在帮腔过程中，打击乐器往往是在帮腔后进行的，但一些曲牌由于情节的需要，起到渲染情境、铺设情节、突出人物的作用，常常也会在帮腔时加入打击乐，出现帮腔与打击乐同行的场面。

如例 6：(选自《玩花记》)

（七）松阳高腔的演唱多用直声（口语），不咬头腹尾；经常使用真假声相结合的发声法，特别是生、旦角使用假声较多，而起腔前的“叫头”一般都用假声，然后击起板锣开唱。特别是在句尾后场帮腔时，演员往往同时用假声进行高八度甩腔，帮唱者用真声，使演员与帮唱者形成了八度并行的“衬腔”效果，别具一格。

（八）松阳高腔中有一些“插曲”，多用于小戏，或专戏专用，亦似曲牌用法，只是其曲调风格与“非插曲”不同，亦无引子和尾声，大多是为非戏曲化的民歌小调（称为“小曲”），通常都上板不作散唱。

又在《摇钱树》张四姐于南门游戏思凡、《八仙桥》桃花女出洞行路、《夫人戏》观音托梦、《鲤鱼记》鲤鱼精出水行路、《贺太平》赵小姐玩花、《追桃八仙》单荷子追桃等戏中有一支[懒画眉]（见唱腔曲牌 42 例），《夫人戏》中有一支[一步摆]（见唱腔曲牌 37 例），其句式与昆曲近似，其韵、平仄不拘。其速度、节奏虽与姑苏“正昆”不同，但在调式，“主腔”、“旋法”方面很明显与高腔迥异，而属昆腔，即浙东“草昆”一路，使用方法则略似“插曲”。

有个别曲牌如《火珠记》中的[耍孩儿]（见唱腔曲牌 41 例）则与瓯剧[耍孩儿]，婺剧[山坡羊]、睦剧[欢乐调]无论音乐风格、曲调结构等方面，都相当接近，显示民间音乐有互相吸收融合及衍变派生的特性。

（九）松阳高腔的曲牌音乐调式，较多的是羽调式和商调式，也有角调式和微调式。

（十）据可调查的一切材料说明，松阳高腔至少在一百多年前已有相当完整的管弦伴奏，且有过门及吹打曲牌。据九十一岁的叶樟根先生说，他祖辈时就以笛子、唢呐、二胡等乐器伴唱助奏，不知其产生的年代，也不知有无管弦的高腔。这在高腔剧种来说比较少见。在乐器使用上，文场戏以及生、旦等角唱腔多用笛子、二胡伴奏较为优雅委婉；武场戏以及花脸角色，多用大唢呐伴唱，粗犷辽阔。整个音乐风格既有激昂慷慨的气质，又有温柔敦厚的特色，并没有“唱口嚣杂”之感，并非早期南戏所谓“不叶宫调”、“顺口而歌”的情形。

（十一）从以上几首过门曲例中也可看到另一个问题，过门中都掺着小锣夹击。在松阳高腔中，小锣有它特殊的风格和重要性，艺人们说比其他高腔要难打。事实如此，它除了每一段过门要夹击之外，有许多曲牌的尾句行腔，也有小锣掺配，而且有许多打在腰板上，形成了明快流畅的特殊风格。

关于大锣大鼓的打击方法和点子（即所谓“锣鼓经”）和后期徽戏的锣鼓打法相似，只是在使用大锣时，都由大堂鼓击点定节。

（十二）松阳高腔的乐器定调定弦。

唱腔曲牌——第一类笛小工调（闷 5），主二胡 63 弦。第二类笛乙字调（闷 1），主二胡 26 弦。第三类大唢呐小工调（闷 5）和乙字调（闷 1）。小唢呐（即吉子）和小胡琴（即徽胡）两种乐器后期才有，不用于高腔曲牌，只用于“闹花台”和外来小调戏，如《卖棉纱》等，其宫调定弦与婺剧相同。

器乐曲牌——大唢呐乙字调（闷 1），小工调（闷 5）和六字调（闷 3）三种。

（十三）曲牌板式。松阳高腔虽属曲牌体制，但后期在“花部”，主要是徽、乱声腔的影响下，也混杂有很多板类成分，一般有以下几种：

1. 套板：如叫头、哭头等，起引腔作用。

2. 平板：一板一眼，速度平稳。

3. 倒板：散板节奏，情绪激烈。

松阳高腔周安班乐队

4. 叠板:即滚唱。

5. 叠白:紧凑快速的白口,似滚白。

6. 科子:即数枝。

7. 紧板:即快板,无浪头。

(十四)松阳高腔曲牌很多。据老艺人说原有一二百个以上。但现在只剩七十多个,常用的是[住云飞]、[江头金桂]、[孝顺歌](即行路歌)、[一字调]、[桂枝香]、[风入松]、[下山虎]等二十多首,其中十多个牌名已失。就手抄本有名的[香柳娘]、[望桩台]、[红绣鞋]、[追奴儿]、[催帕儿]等有名曲牌,已不知其唱法。

六、唱腔音乐结构

任何戏曲唱腔,总是由唱词与音调两个部分组成,松阳高腔当不例外。但是松阳高腔之所以是"高腔",它只能是步高腔之规,循高腔之律而变化、而发展。这路高腔又是"松阳"的,自然受松阳地方的语音声调制约,受松阳地方的民歌小调影响,形成它特有的风格和特色。至于它的唱腔音乐结构,可以两个历史阶段来分析,一是未托管弦时期(或叫"曲龙"时期),二是备了管弦时期。由于对先期音乐缺乏感知,这里仅以现有唱腔曲牌的唱词格律和腔调构成两个方面,窥探松阳高腔音乐的结构概貌。

(一)唱词格律

前面提到松阳高腔的曲牌名称虽与各地高腔、昆曲大多相同,但字数、句格则不一样。这个"不一样",并不意味着它有自身的一套严格的体制。从现实情况来看,对待文体词格它是不太严守的,有很大的随意性和灵活性。如[解三醒]曲牌,在《鹿台·受罪》中姬昌(正生)唱的是五、七、七、七、七、七、七、七、七、七、三、三、七(13句),其中第13句为重唱句,可是在《卖水记》十三出里李彦贵(小生)唱的却是七、十一、七、七、九、七、七、七、七、七(10句),没有重唱句。又如[园林好]曲牌的两句尾,《双包》十出中是五、十(2句共15个字),在《卖水记》十三出中又是七、七(2句共14个字)。

再如[柳青娘]曲牌，在《九宫大成谱》中是四、六、四、六、七、七、六、六(8句)，但在松阳高腔《拾义记·托付》中又是五、五、五、五、五(5句，其中1、2、4三句是重唱句)，如果将重唱句作2句计算，也只有8句。以上情况，不胜枚举。松阳高腔对唱词句格的可变性，与它的民间性特征有关。另外，唱词平仄及押韵规则也不很讲究。一般能押着方言音韵就可以顺口而歌，如“臣”、“情”、“成”三字，松阳方言都押“in”韵。那么舞台用语又如何呢？请看下表：

(选自《卖水记·捉拿》)

文辞 音标	客 官	见 礼	几 样	状 元	姐 姐	西 门
方言语音	kè guà	yē liě	gǎi yáng	Xiong nüng	zī zī	shē men
舞台语音	kè guàn	Juan li	zì yang	xüang nüe	zī zì	shē mèn
标准语音	kè guān	Jiàn lǐ	jǐ yàng	zhuàng yuán	jiě jie	xī mén

以上可见，松阳高腔这个所谓“土路班”，舞台用语也非全土，为所说的话，所唱的调能使更多的人听好、听懂，总是尽量用“普通话”(实际上是当地官话)。如“客”、“官”、“礼”、“样”、“门”等已和标准语音接近或相同，也有一些如“几”、“状”、“姐”、“西”等，却并不“普通”，其中“姐”、“西”二字仍然是土语音，而“几”字反弄巧成拙，变成了别字音，这也是“山里人讲京音，三句不离祖”的通例。古人对高腔用语所说的“错用乡语”、“随令土俗”是符合实际的。

从“曲龙”情况得知，早期的松阳高腔是难以寻宫数调的，加上对文体格律又不严守，因此在每个剧目，每出唱词，也就不追求什么“曲牌套数”了。即使有套数的情况出现，要么是一种巧合，要么是以昆曲来的剧本，而实际演唱也不见得就按规定的要求去演唱。松阳高腔不仅“出不定套”，同时也“曲不定辞”，许多曲牌可以通用，或临时即兴，这在手抄本中有曲牌名而“不写(词)”的情况也可作为一个佐证。

如《双包·团圆》：

［红绣鞋］合家拜谢苍天，今日骨肉重逢。团圆后保平安，荣华富贵万万年。……

又如《双包·还赏》：

张忠（老生）：（引）威名四海，万民乐业。（白）……（唱）［玉芙蓉］……

［尾］今日夫妻双同饮宴，未知何日有子矣。

以上说到松阳高腔的唱词格律、方言语音等情况，并不说明它不成规矩，或“自立门户”。无论它怎样变化，有多少与众不同，但总还是在曲牌体的高腔基本词格范围之内，只是地方不同，产生不同的特色而已。

七、松阳高腔现状

源于南戏的松阳高腔先后兴起于玉岩镇的沙岗村和周安村两地，历史上曾被称为“白沙岗之土调”。经历代高腔艺人的不断开拓和创新，松阳高腔糅松阳山歌、民谣、道教音乐与永嘉杂剧为一体，既有松阳山歌粗犷、豪放的特色，又有南戏优美、清亮的特点，成为独具地方特色的剧种，在浙江省八大高腔中自成格局。在清乾隆和道光年间，松阳高腔颇为兴盛，松阳和毗邻各县共有200余名专业松阳高腔艺人，演出范围遍及闽、赣、皖三省和本省的丽水、温州、金华、绍兴、杭州等地。

作者在周安现场采访民族音乐理论家杜亚雄教授（左）

然而，随着时代的变迁，有着几百年历史的松阳高腔已经风光不再，甚至面临失传的境地。为数不多的几个老艺人正在为这个古老的剧种即将被埋没而心焦。

笔者曾于1998年、2001年、2003年、2006年和2007年五次前往松阳县玉岩镇的周安、白沙岗等松阳高腔所在村庄采访，几位健在的老艺人中，年龄最大的83岁，最小的也近70岁。说起当年演高腔的情景，他们无不津津乐道。

今年81岁高龄的周安村原村支书吴大水是仅存的几位老艺人之一。吴大水17岁开始学高腔，前前后后演了50多年，从演小生、老生到探花脸，对各个角色都有不同程度的尝试。吴大水说，松阳高腔到他们这一代就已经开始走下坡路了。当时村里有个辉老先生，人们都称他是“活张飞”，戏演得很好，可他年事已高，为了不至于让松阳高腔后继无人，他就采取募捐的办法在村里兴办戏班，把年轻人组织起来，口传身教。当时和吴大水一起学戏的年轻人共有20多个，且都是男的。

作者(左)于2003年第二次采访吴大水(摄影：吴涤)

由于松阳高腔的特点是“武戏文演”、“武戏文唱”，没有高难度的动作，所以学起来也不难，但“唱”功一定要好。既是“高腔”，唱法上与其他剧种自然有所不同，其唱腔高亢，余音绕梁，故行内有“唱死高腔，哎死昆腔，做死乱弹”之说。

按“百日戏”这个说法，他们学满 4 个月就要上台演出。开演的第一场戏是“排八仙”。这个戏全戏班的人都要上，包括厨子和跑龙套的，实际上就是展示剧团的阵容和实力，阵容越大，这个戏班就越被人推崇。第一夜叫“龙头夜”，演到半夜，排完“八仙”就结束了。第二夜叫“天亮戏”，演通宵。因为第二夜的戏最精彩，从四面八方赶来看戏的人多，而山村地方小，别村来的人没地方住，所以就让他们看到天亮。

每到一个地方，一般都能演上五到十天。吴大水说，戏的曲目很多，当时就有 32 个“正本”、72 个“折子戏”，可根据观众的要求上演相应剧目。

文革期间，松阳高腔被当作封建大毒草来铲除，大批手抄本和服装道具被销毁，许多珍贵的历史资料毁于一旦，演出活动完全停止，队伍解散。松阳高腔这支盛开在松阳大地上的艺术奇葩眼看着就要被扼杀。

好在 20 世纪 70 年代末，党的“百花齐放”的文艺方针使松阳高腔绝处逢生。老艺人们热情高涨，广招学员，重新组建高腔班。吴大水之子吴发仲、吴陈俊之子吴永清等均在其列。另外，此次组建还让女性也参与了进来，如洪永娇、吴关妹等，她们成了松阳高腔的女传人。弹指一挥间，几十年过去了，几位德高望重的老艺人相继亡故，尚在的吴大水、吴叶发、吴陈俊、吴李发等几位老艺人也年事已高，加上历次政治运动的影响，演出的队伍已青黄不接，后继乏人；演出的行头历经几十年风雨的侵蚀，均已破旧不堪，而一件莽袍就得好几百元（一个剧团备齐十套莽袍并不算多），因此，资金的缺乏使松阳高腔羞于登上大雅之堂；电视的普及，使村民们不再去关心高腔的发展；演员们迫于生计，或外出打工，或忙于农耕，演出也成了“小打小闹”，目前的剧团正处于“自生自灭”的状态。

年轻一代艺人(左起):吴发俊(生,41岁)、作者、吴永清(老生,43岁)、吴陈基(丑,43岁)、吴昌武(堂鼓,40岁)(摄影:吴涤)

据洪永娇说,她进剧团后只有过几次演出。1998年,时任松阳县文化局长的潘瑞卿亲自组织他们到温岭参加浙江省“稀有剧种”演出会,她和吴关妹等5名剧团人员参演,上了一个折子戏,叫《真假陈十四夫人》,演出时间不过12分钟,但整个过程却颇耐人寻味。

由于他们平时忙于劳作,很少集中在一起排练,临时请来了松阳师范和县文化馆的老师指点,掌握了几个关键的动作要领就上台了。一行人来到温岭后,洪永娇才发现所有来参演的剧团中,他们的装束是最“土”的,特别是几个男演员,身上的衣服又破旧又不合身,脚上的解放鞋也沾着泥土,一看就是典型的农民演员。她赶忙给家里打了电话,叫丈夫把他平时穿的一些好一点的衣服鞋子寄过来给几个男演员穿上。那次演出他们拿了个“演出奖”,对高腔艺人是个极大鼓舞。

松阳高腔女艺人（左起）：吴关妹（旦，40 岁）、吴金香（旦，41 岁）、吴宝娣（老旦，40 岁）、洪聪华（丑，37 岁）、洪永娇（旦，41 岁）、金春花（大花，40 岁）（摄影：吴涤）

由于时代的变迁，高腔班在发展高腔艺术上已经力不从心。对此，几位老艺人心中十分焦急，松阳高腔这朵艺术奇葩正面临凋谢的危险境地。

老艺人希望在有生之年不仅能够看到松阳高腔后继有人，而且能够看到它发扬光大。2006 年正月里，周安剧团在玉岩镇的洋坑村演出，演员去时心里都发虚，生怕演砸了。但演出之后反响挺好，每天来看的有五六百人之多，这使他们信心大增，说明松阳高腔在沉寂了多年之后还有一定的观众基础。邻近的坳头、余叶村已经向他们发出邀请，请他们明年正月里去演。

目前任周安剧团团长的吴大水最担心的是人员和资金问题。要把戏班里 20 多个人拉出去开演，要花很大的精力不说，开销也要一大笔。但如果再不出去演，松阳高腔就会在眼下的这一代人手里失传。因为松阳高腔历来靠艺人口述相传，由于年代久远，原有的 300 多部剧本现在仅剩下 58 部，有许多都已失传。趁现在几位老艺人尚在，他们还能在戏路上给年轻人一些指点，若再过个三五年就很难说了。

吴发仲、吴永清、洪永娇等是周安剧团目前最年轻的演员，平均年龄也已在四十上下。由于松阳高腔一直来只流传于乡间村落，演员的文化程度低，上百年来在戏路上没有什么创新和突破，这也在客观上制约了松阳高腔的发展。

离玉岩镇十几公里的周安村，海拔1000多米，自然条件差。村里没有公路，只有一条机耕路蜿蜒而进。往里去的白沙岗村则更是人迹罕至。

松阳高腔能在这样两个偏远的山村里代代相传，这是自然和人文的造化。而高腔剧团眼下所面临的"窘境"，却是浙江省任何一个剧团所少见的。演员们分散在各个自然村落，他们既是演员，更是劳动者，繁重的劳动使他们很难在演戏上花更多的精力。目前，周安剧团的台柱子吴发仲、吴永清等都有带徒的愿望，只是自身苦于生计，既无时间也无精力带徒。松阳高腔真的只有被"淘汰出局"的命运吗？

老艺人（左起）吴承俊（旦，81岁）、吴大水（生，80岁）、作者、吴李发（丑，67岁）、吴水发（散手，77岁）（摄影：吴涤）

日前，笔者了解到，松阳高腔作为松阳县的戏剧文化精品，已经引起了松阳县委县政府的高度重视。松阳县政协委员刘建超是最先提出抢救松阳高腔的人。在他的呼吁下，松阳县委成立了"松阳高腔研究会"，任命刘建超为"研究会"会长，开始了抢救高腔的行动。松阳县档案馆、文物馆、文联等部门及老的文史工作者，都投入了抢救高腔的行列，如调查、收集有关高腔的文史资料，对一些散落于民间的手抄本和图片进行修复、整理和复制，等等。

据松阳县档案局主任科员陆宝良介绍，抢救松阳高腔面临的最大困难仍然是资金问题。仅收集、整理资料就需花费二三万元人民币；由于年代久远，加之一些手抄剧本散落民间，遭虫蛀、霉烂的情况十分严重，要把它们修复、拍摄成录像，更需要一大笔资金。但就目前松阳县的财政收入来说，要拿出这样一笔资金是件十分困难的事。

目前，日本等一些国家的戏曲专家也对松阳高腔产生了浓厚的兴趣。1992 年，日本神奈大学讲师广田津子专程来到松阳县，观看了高腔剧本《夫人戏》的演出，对松阳高腔独特的表演风格和轻松愉快的鼓乐伴奏大为赞赏。

笔者要欣慰地告诉大家，在各级政府、社会有识之士以及松阳高腔艺人的呼吁和努力下，2006 年，松阳高腔终于被列入首批国家级非物质文化遗产保护项目。消息传来，全县上下奔走相告。县委县政府在 2006 年 6 月 10 日举行了隆重的庆祝松阳高腔“入

高腔剧团参加县农民文艺调演时的剧照

遗”仪式，中共松阳县委副书记毛建华出席，松阳县委常委、宣传部长潘瑞卿致辞，全县数百群众参加了活动并观看了松阳高腔的史料介绍，人们似乎看到了松阳高腔前面已经铺就了一条阳光大道。我们相信，在全社会的努力和各方面的支持下，松阳高腔一定会发扬光大！

八、传统剧目

松阳高腔的传统剧目，从老艺人口述及现存手抄本、班社剧目单和历代班社在各地演出时的留字中得知，有：

（1）《夫人》，详情见“代表剧目”栏介绍。

（2）《琵琶记》，又名《蔡伯喈》，是高腔《苏》、《刘》、《班》、《伯》及三白即《白兔记》、《白蛇记》、《白鹦记》等七本大戏之《伯》剧，戏衍赵五娘和蔡伯喈夫妻悲欢离合的故事，光绪年间盛兴班曾演，现存有手抄本总纲一卷。

松阳高腔白沙岗班的生角李宙发（53 岁）向作者介绍行头

(3)《白兔记》,分《玩花记》、《赶白兔》、《拜刀记》三本演出,是松阳高腔七本大戏之《刘》剧。前二本衍李三娘和刘高、刘承佑夫妻、母子悲欢离合,后一本接衍刘承佑奉命出征和黄飞云因战成婚的故事。光绪年间盛兴班曾演全剧。现存的各半职业班社仅演《拜刀记》一本。有手抄本总纲及散折单篇多卷。

(4)《合珍珠》,又名《合珠记》、《合珠》。衍高文举落泊得娇妻,中状元相府再招亲,王金贞白纸告青天,包大人判案得团圆的故事。道光年间秀和班曾演,现在周安班能演全剧。现存有手抄本全剧总纲和散折单篇多卷。

(5)《金印》,又名《金印记》、《前后金印》。是高腔七本大戏之《苏》剧,分前后二本演出。衍苏秦的故事。乾隆年间新聚堂班曾演,现已失演。现存有道光二十四年间丑单篇残本及部分散折的单篇抄本。

(6)《十义记》,又名《韩十义》、《十义》,衍晚唐黄巢造反时,韩朋、李翠云、韩困英、李昌国等夫妻、父子、结义兄弟悲欢离合的故事。乾隆年间新聚堂曾演,现只演《良桥分别》一折。现存有乾隆九年手抄总纲残本一卷,以及《父子会》等散折单篇手抄本多篇。

(7)《芦花记》,衍闵损夫妻遭后母虐待的家庭伦理故事。道光年间秀和班曾演,现白沙岗班尚演。存手抄总纲残本。

(8)《白鹦哥》,又名《鹦哥》、《潘葛》。是高腔七大戏中"三白"之一。衍梅妃争宠,制造白鹦哥冤案陷害苏妃,经潘勰妻冒死相救,使苏妃母子得以雪冤团圆的故事。乾隆年间"新聚堂"及以后的秀和班、大玉台班曾演,现已失演,亦未见有抄本留传。

(9)《白蛇记》,又名《白蛇》,是高腔七大戏中"三白"之一。衍刘汉卿买白蛇放生得报的故事。艺人说:《拿夫造城》、《月下佳期》、《康氏嫖院》是其散折。盛兴班曾演全剧和散折,现周安班仅能演《拿夫造城》一折。存生单篇手抄残本。

(10)《黑蛇记》,又名《黑蛇》,有杨育恩赴考中举,郭相爷强招女婿,王月英饥荒寻夫被害,黑蛇精改怨作恩相救,杀九头王月英平叛，封都督夫人夫妻重圆等情节。《大闹饥荒》是其散折。盛兴班曾演，现周安班尚演全剧。现存全剧总纲及生单篇手抄本。

（11）《耕历山》，详情见“代表剧目”栏介绍，盛兴班曾演，现各班均能演全剧。

（12）《班超留任》，又名《班超脱靴》。衍班奉命戍边行任仁政受到人民的爱戴，离任时万民挽留，最后脱靴留念的故事。据说此剧全本原称《脱靴记》，是高腔七大戏之“班”剧，和《追保家属》、《捉拿家属》等戏都是该全剧中之散折，自光绪年间的盛兴班起至今只能演部分散折，如《留任》折，现存《留任》一折生单篇的手抄本。

（13）《火珠记》，衍孙悟空收鸡妖的故事，盛兴班曾演此剧，现班社常演，存有总纲手抄本。

（14）《八仙桥》，衍彭祖求寿的故事，现仍能演全剧，存全剧总纲和散折单篇手抄本。

（15）《造府门》，衍李开宗认宝的故事，秀和班曾演，现班社常演此剧，存全剧总纲和散折单篇手抄本。

（16）《贺太平》，又名《太平》、《太平春》，衍元末大元王惊梦屠朱姓，朱元龙（即朱元璋）避难皇觉寺，后得刘基等扶助，在鄱阳湖与陈友谅大战胜利后登基的故事。乾隆年间新聚堂曾演，现各班社常演此剧，存全剧总纲及散折单篇手抄本多卷。

（17）《九世同居》，又名《九同居》，衍张公义处世惟“忍”为宗，全家九代和睦同居荣耀昌盛的故事，盛兴班剧目，现周安班只能演《大团圆》一折，存总纲残本及零星单篇手抄本。

（18）《卖水记》，衍李彦贵和王桂英的婚姻故事，其情节有李彦荣别弟赴考，李彦贵家贫卖水，王金欺贫逼退婚，王桂英遣婢赠金银，焦大贪财杀迎春，王桂英活祭未婚夫，李彦荣法场救弟等，盛兴班有演，现全剧常演，存总纲、单篇手抄本多卷。

（19）《摇钱树》，上下连台本，下本又名《赐神剑》，衍张四姐下凡的故事，光绪盛兴班有演，现有各班尚能演全剧，存总纲手抄本。

（20）《聚宝盆》，全剧分上下两本。衍樵夫石崇作樵得宝，在东海助龙王大战得胜，龙王感恩赠宝的故事。现白沙岗班能演全剧，存总纲手抄本上、下各一卷及《龙宫大战》散折总纲抄本一卷。

松阳高腔白沙岗班旦角演员陈永琪向作者介绍戏服与凤冠

(21)《双包》，又名《鲤鱼记》，衍真假包公审判真假金牡丹的故事。秀和班曾演，现各班尚演全剧，存全剧总纲和散折单篇多卷。

(22)《一文钱》，其故事梗概是：穷汉郑富荣向岳父借银被劫，在财神庙上吊不死拾得一文钱，巧遇某商贾得其相助出洋，所带山货土产巧治瘟病获利致富，回家后嫁女成皇亲。盛兴班曾演全剧，现已失演，未见有抄本留传。

(23)《三世因》，又名《三世因果》。乾隆年间“新聚堂”有《三世音》、《三秀英》之剧名，拟系该剧名“音”字之讹。艺人说小戏《全呆卖布》是其散折。盛兴班有《三世音歌》散折剧目之名，现周安班能演《三世音果》、《全呆卖布》。除《全呆卖布》小戏有抄本外，全剧未见有抄本留传。

(24)《葵花记》，其故事梗概是：高彦正别妻赶考中魁钦选伴读，被权相强逼再婚，孟石娥割股肉侍婆代夫尽孝，为寻夫孟氏历经三难，最后被害致死丢入水井，遇仙搭救还阳后投军破贼受封团圆。道光年间秀和班曾演，现已失演，未见有抄本留传。

(25)《鹿台》，衍殷纣王朝西伯侯姬昌的故事，现已失演，仅存生单篇清代手抄本，其中有庆寿、选召、劝农、放告、上朝、受罪、霸城、起马、起道、求贤、拜将等出。

(26)《绣花针》，又名《刺花针》、《七枚针》，衍后娘忌恨前娘所生的一儿一女，用花针刺儿女胸欲置儿女死地，后为娘舅发现及时救治的家庭伦理故事。盛兴班曾演全剧，现已失演，无抄本。

(27)《忠义堂》，故事梗概述潘文显、潘文达系同父异母兄弟，文显为后母所迫出走落难，在铁壁寨安身，文达因思念兄长在铁壁寨相会，大比之年文显中魁，适逢番王造反奉旨招军，兄弟平番立功一家终于团圆。盛兴班剧目，现已失演。

(28)《三状元》，故事梗概是公孙朝虽家庭豪富却为人行善，其妻生下双胞二子取名应麒、应麟，大比之年公孙朝别妻应举得中状元，王丞相因欲其招亲不从，妄奏圣上令其一文官带兵平番，在番帮被困十八年，其妻在家扶养儿子成长，双双又中文武双魁，兄弟平番获胜，以绫花镜为记父子相会回朝夫妻团圆。艺人说《母子相会》系其剧之散折，盛兴班剧目，现已失演。

(29)《三代相》，盛兴班剧目，现已失传。

(30)《三元坊》，艺人口述剧目，并说盛兴班剧目散折《断机教子》系其中一折，现已失传。

(31)《三宝记》，老艺人吴关远说系前辈艺人曾演剧目，衍包公梦中受托，借三件宝的神功破奸相刘忠礼阴谋，发掘冤尸，为忠良平雪冤案，现已失传。

(32)《全家孝》，系后辈艺人补记于盛兴班剧目单中之剧名，不知其故事情节。

(33)《安安送米》，盛兴班散折剧目，吴关远说是《全家孝》之一折，也有人说是系《送米记》一折，现周安班尚演，存手抄单篇一卷。

(34)《判乌盆》,衍张别古代被害冤魂刘世昌向包公鸣冤告状的故事,盛兴班剧目,现周安班能演。

(35)《四老颁兵》,有说是《九龙套》的一折,有称系《祁老颁兵》之误,盛兴班散折剧目,现周安班尚演。

(36)《老包水牢》,有说系《采桑记》一折,剧情大意是包公微服私访,被奸人曹洪囚禁在水牢。后经遭曹家强逼为奴的妇女康爱连相救,曹洪经包公审案后服法。盛兴班散折剧目,现周安班会演。

(37)《开司审问》,有说系《采桑记》的一折,盛兴班散折剧目,现已失传。

(38)《五台会兄》,有说系《吴天塔》的一折,杨六郎请在五台山出家的杨五郎下山助战破敌的故事。盛兴班散折剧目,现各班仍演。

(39)《奔走樊阳》、《三闯辕门》,衍三国刘、关、张故事的二个散折。盛兴班剧目,现周安班尚演,存单篇手抄残本。

(40)《双魁》,秀和班剧目,剧情内容不明。

(41)《小二过年》,散折小戏,盛兴班剧目。

(42)《街坊卖纱》,又名《小花卖纱》、《卖棉纱》,散折小戏,盛兴班剧目,现周安班尚演,存手抄本。

(43)《背板凳》,又名《双人怕妻》。据玉岩老人叶文彦介绍,此剧在民国年间曾见纪新聚班演出,情节幽默诙谐,生活气息浓厚,群众爱看。

《夫人》,又有《九龙角》、《夫人戏》、《夫人传》之称,是多本连续神话剧,系松阳高腔最有代表性的传统剧目,有人戏班和木偶班两种演出本。人戏班本共三册分三夜演完,木偶班有八册、十二册、十四册等不同演法。各戏班凡能演《夫人》戏的都唱松阳高腔。

《夫人》的题材来源于长期流传在民间的《陈十四夫人》的故事,衍唐大历年间福建古田县的姑娘陈真姑,为拯救被蛇妖所害的哥哥,上庐山投师学得仙法,在各地斩蛇妖,除魔怪,普救良民的神

白沙岗戏班的清代"手工"老戏装

话故事。

此剧，至迟在道光年间就流行各地，编剧者和编写年代无考，也未见有正式的文学剧本传世。各班社仅以师徒口头传授及手抄单篇(当地称单条)读本后传。现尚保存有部分手抄本，其中有：民国22年(1933)吴必照读的《夫人炼丹》，1952年李星选等习读本《夫人一本红孩儿，夫人二本名分做陈兄》(编者注：题名按原本文字照抄)，及自观音梳妆起到江州收妖为止的无题本，以上单篇均和松阳高腔的其他剧目单篇混什共册，1957年李星全读《夫人》二册，上述单篇抄本共计四本，现存松阳县文化局。

据松阳高腔研究所所长刘建超先生介绍，1959年浙江婺剧团邀请松阳高腔老艺人符砝德、李高森、叶樟根等口述记录的三册称《九龙角》，此文本现存浙江婺剧团。1979年遂昌县文化馆邀请松阳高腔演员吴大水、吴陈俊口述而整理《夫人传》全本三册。1986年松阳县文化局特请木偶老艺人叶祖标口述木偶演出本《夫人戏》十四本。浙江婺剧团记录保存人戏班的《九龙角》全本共三册，第一册自观音梳妆至叶夫人归家止，第二册自野猪妖跳台至陈真姑南庄庙救法通止，第三册自林大郎请寿、陈真姑出嫁到陈真姑皇宫除妖受封团圆止，全剧共七十四出，需分三个夜场演完。

浙江婺剧团记录的《九龙角》剧本中有陈真姑、法清、法通、李三妹、林九姑、蛇母、野猪妖等人物六十五个，正旦、花旦、老旦、小丑、大花、正生、小生、老外、付末、二良旦、四花以及散箱扮道童等，凡松阳高腔的行当全部上场，其中正旦扮的陈真姑是全剧主人公，她在家时是一个生性文静，尊敬父母，热爱兄长，衣着朴素，心地善良的村姑，学法后成为一个机智勇敢，决心除恶务尽，解救受害百姓的法师，在人民心目中成为一个能保护黎民，普救众生的救星。由小丑扮演的法清，则是一个不识世故不辨善恶的山村顽童式的人物，由于他的天真加淘气和玩世不恭而丧失警惕，在妖怪面前点破法通的治妖法术而闯祸，致使哥哥法通除妖不成反被蛇妖所食。由花旦扮演的蛇妖则是一个阴险多诈，生性残忍且又法术高强，诡计多端，以食人为生的恶魔。

此剧除在皇宫除妖受封一节外，全部叙述民间生活，没有宫廷戏那样富丽堂皇的场面，人物的化妆、服饰、扮相都很素淡、朴实，语言通俗易懂，其中法清一角尝用当地土话念白，在表演方面，有其独特的表演手法、舞蹈动作和特别的道具，如陈真姑在作法斗妖时，吹“龙角”表示施法行令，打手诀和蹈五方步表示调兵遣将，以手势作渡桥虚拟引兵接将等，这些表演手法和道士做法事的动作相似。《夫人》戏全剧之中有十二生肖、蛇妖、猪妖、四大金刚、罗汉等二十多个角色戴面具上场，是松阳高腔戏中使用面具最多的典型剧目。大量使用面具——这种古老的表演手法代表了松阳高腔的又一大特点。

松阳位于浙江西、南地区的中部，这些地区大都是穷乡僻壤的山区，旧社会当地人民在封建势力的统治下，世代遭受统治阶级的压迫，政治上常遭欺压凌辱，同时频遭自然灾害的折磨，长期处在水深火热的社会底层，生活十分艰难困苦，他们渴望风调雨顺、国泰民安的升平景象。《夫人》戏的故事情节，真实地反映了当时人民的生活，陈真姑的形象是人们理想中的希望和救星。除全县城乡普建夫人庙奉祀外，人们还以观尝《夫人》戏作为精神上的一种依托。

《夫人》戏的故事情节生动，唱腔优美，人物形象逼真，为广大人民群众喜闻乐见，《夫人》戏的演出范围遍及浙江的原处、温、金、衢、严诸州和浙、闽、赣边区。

以前，衢州一带更时兴演《夫人》戏来为小儿消灾祈福，称"渡关戏"，在松阳民间常把十四夫人的身世和功绩编成口咒为小儿压惊。一些艺人把夫人的故事改编成鼓词在松阳丽水接壤一带山村演唱，称"唱夫人"。"夫人"的故事在民间广为流传，为妇孺老幼所熟知，至今仍为人们所念念不忘。

《耕历山》，系松阳高腔传统剧目，戏演虞舜承位前的故事，情节与《史记》所载无大差讹，惟剧中人物有所径庭。《史记》称："舜父瞽叟顽，母嚣，弟象傲，皆欲杀舜。"剧中则把果秀（父）叙为慈善之人，上敖（弟）则为类痴之人，唯宁氏（后母）仍扬凶恶歹毒之貌，另添插有神魔精怪多节，其内容：果秀喜仲华（实为重华，即舜），宁氏亲上敖，宁对仲华由妒而生恶，必欲置仲华于死地而后快，当果秀外出之际，宁氏勒令仲华赴歧山拓荒，欲其受折磨而死，奈仲华有神庇佑，事竟而不损，宁氏又连施毒计，一命上屋翻瓦，再命下古井捞钗，唆家人纵火、投石，而仲华均获神救。后仲华赴历山开垦种粮大熟，因此而为赍王所赏识，辄许以娇女，禅以帝位，终获团圆。全剧共计有狐狸精跳台、请寿、设计、太白星差龙虎、歧山开耕、仲华回家、太白星变斗逢、屋背翻瓦、仲华书馆攻读、古井捞钗、仲女担水、果秀回家、托梦、炎星月将、龙王通路、高道奏朝、接旨济贫、雷殛宁氏、登基团圆等二十出。此剧在松阳高腔流行地区，每演不缺，屡演不衰、广传久远，为老幼妇孺所熟知。清同治五年至十年间，高腔老艺人季起养在枫坪、丁坑、大畈、钱余一带教戏，曾口授身传此剧,成为这些班社的当家戏。浙西、南许多地区的木偶班,也常将此剧以松阳高腔音谱献台。由于戏中后母歹毒,人们骂以"赖娘毒"(松阳民间称后母为"赖娘"),民间常以宁氏歹毒终为雷殛的报应,以为后人戒,也常讲述《耕历山》的故事,教化人们崇高德操,这些均表达了人们对勤劳、善良、贤孝的赞颂,也阐述了"圣人出身本自苦"的哲理。

《耕历山》原有前辈艺人的众多抄本,文化大革命中多已烧毁,近年收集有民国5年周唐起习读的《小生》、《丑》单篇,1950年新声剧团吴昌法读的《老生》单篇,1956年吴关海读的《小生》单篇和1980年吴大水等口述全剧剧本,上述抄本现为松阳县文化局收藏。

九、高腔曲牌

松阳高腔传统剧的唱词,以曲牌为单位,各个曲牌连缀而成,从现存的剧作和录音资料中,已知使用曲牌名称一百二十多个,这些曲牌和其他高腔及昆曲的曲牌文体的格律:有的虽然套用南、北曲牌名称,但其文词格律已大有变异,且有许多文字以乡音译代,其中有基本符合原曲牌的字句格式,但声韵、平仄不严;有较稳定自成一格的字数、句式;也有根本无字句、声韵、平仄等格律可言的,因为这些曲词是前辈艺人凭自己的记忆,随口而述手记而成,不能排除口述者常会错记,漏、添词句,抄录者有错写别字,以及乡音土语的错译等情况,兹将部分曲词选摘。

(一) 基本套用南、北曲曲牌字、句格式的。如:

(1) [驻马听]

《鹿台·劝农》生(姬昌)唱

叩谢苍天
但愿君王福分全
风调雨顺
国泰民安
但愿年年风调顺
一统江山乐太平
叩谢苍天(又)(注1)
但愿君王福分全

《拾义记·四出》生(韩朋)唱

泼贱无理	(但叫)你有路来没路去
无故前来说此话	叫你羞脸躲无门
(我乃)民家之妻	打死泼贱(又)
说出恶言	说出此言恼我心

《拜刀记·招亲》小生(刘承佑)唱

公主听启	大王若是得知情
且听小将说你知	小将性命却难保
我本(大朝)名将	不必多言(又)
你是番(邦之)女	小将决意难从命
(怎好结婚)	

[驻马听]是南、北曲常用曲牌,也是松阳高腔的常用曲牌。《九宫大成谱》正格是四、七、四、七、七、七、三、七(八句),上录[驻马听]的曲词,如扣去编者试加的括号内的衬字、虚词及重唱句,并除第四句已将七字句改为四字句外,其字数、句数合原格《拜刀记·招亲》(注 2)第五句"怎好结婚"一句,明显是后人赘加之句,这三段曲词的平仄、声韵和原词牌之律不叶,第七句重唱是其自成的特点。

(2)[红衲袄]

《鹿台·十出奏朝》生唱

告我王听诉启	一统山河乐太平
容微臣奏表章	(伏)望我王准(我)表章(也)
我王本是圣明君	一统山河乐太平

《双包·三出求子》生(张冲)

告神明听诉起	(求男便得男报应)
容下官说原因	(求女便得女婴孩)
武当山两廊(都)倒坏	我今喜助花银(也)
雨打佛像环金身	愿产麟儿接后根

《合珠·济贫》生(高文举)

告员外听诉起	姓高名举字杰成
容小生说因衣	望员外(大)发慈悲(也)
家住洛阳桃花巷(口人)	犬马驱驱报大恩

[红衲袄]是南曲曲牌,《九宫大成谱》定格是六字句、七字句(八句)参差使用,也是松阳高腔的常用曲牌,而词格一般都是六、六、七、七、六、七(六句),上三例中《双包·求子》第五、六两句似是后辈自由添加之句。

高腔的[红衲袄]几乎专用于禀告、奏告、相告情节之处,每首曲词倒数第二句句尾都有"也"字的虚词,这种在句尾加虚词,在其他高腔、昆曲中所未见。

(3)[清江引]

《卖水记·廿九出捉拿》丑(赵大)

去也去也真去也
酒儿吃得醉
事儿在心头
酒儿在喉咙
(吃得我)酒醉醺醺(独自)到此也

《琵琶记·九出考试》末生

长安富贵真罕有
食味皆山兽
熊掌紫驼峰
四座馨香透
奉与大人来下酒

[清江引]定格是七、五、五、五、七(五句),松阳高腔《卖水记》、《琵琶记》两例的字、句对格,但各例的词句平仄和句尾押韵的严、懈,下笔的风格雅、俗昭然。

(二)已形成自己词格体式的曲牌。如:

(1)[风入松]

①

《合珠·五出说亲》
相逢着候遇君家
欢(欢)喜(喜)到你家
有缘千里来相会
无缘对面不相逢
忙移步　到你家(又)

《芦花·七出书房》
用心着意读文章
忙把诗书(来观)看
要学尧舜圣贤书
昔日做个状元郎
书不读　少年郎(又)

②

《聚宝盆·二出请寿》
今日饮筵满金杯
哥兄(双双)同欢庆
但愿母亲千秋岁
福如东海寿如仙
继祝盏(又)乐太平

《九世同居·二出庆寿》
今日寿酒满金杯
(一家)安乐值千金
一家荣华来富贵
荣华富贵天排定
儿这盏满金杯(爹娘宽饮)

③

《双包·廿九出团员》
我儿求名未回归
(使我)心中多忧虑
眼前喜鹊重重叫
想是我儿转回归
等他回　心欢喜(又)

《九世同居·七出取名》
我儿出去未回归
(是我)心中常挂心
门前喜鹊重重叫
像是我儿转回归
坐高堂　等他回(又)

[风入松]南曲句格一般是七、五、七、七、六、七(六句),松阳高腔各个剧目在多种场合常用,尤多见于喜庆、团圆的情节,句格以七、五(或七)、七、七、六(五句)为多见,高腔[风入松]的末句均为六字句,此曲牌不论多少句式,末句都有"又",即此句在演唱时要重唱。

从②③两例的内容看,[风入松]是庆寿、团圆场合通用的曲文,许多曲本上常见有[风入松]的曲牌名,下注"不写"二字,其曲词简略不载。

(2)［驻云飞］

《鹿台·十三出》	《八仙桥·七出》
听说伤悲	忙步前行
怎不叫人珠泪淋	阿三家中转回程
指望脱父罪	远看有一女
谁知丧自身	坐在尘埃地
提起泪淋淋(又)	忙步向前行(又)
恼恨昏王	啼啼哭哭
戮杀我儿身	看他正伤心
怎不叫人珠泪淋(又)	急忙上前问原因(又)

［驻云飞］南曲，《九宫大成谱》正格是四、七、五、五、一、五、四、四、五、七（十句），高腔常用曲牌，自形成格，末句可复唱或加叠句、句格基本稳定在四、七、五、五、五、四、五、七（八句），第五、八两句是重唱句，与所摘录同例的有《芦花》三例，《太平》三例，《十义》、《聚宝盆》、《拜刀》各一例，已摘录两例句末注意了押韵。

(3)［孝顺歌］

《耕历山·瓜园》	《火珠记·十出》
小娘子听诉启	王相公听诉启
且听小生说你知	且听奴家说你知
家住鲁国邑人氏	念你(本)是个读书人
姓姚象敖是我名	念我本是香闺女
母亲严命到此来	科场三年一度开
来到瓜园看西瓜	相公再科求功名
爹爹街坊去看相	你青春我年少
哥兄历山去开荒	成就夫妻鸳鸯对

《拜刀记·马房招亲》

告南将听诉启
且听奴家说你知
当初父王寿诞日
兄妹双双来拜寿
父王吃酒心大怒
兄妹双双问原因
(他说)祖父冤仇不能报
因此怀恨在心

[孝顺歌]在松阳高腔又称“行路歌”,是常用曲牌,其曲文有稳定句式,如上三例是六、七、七、七、七、七、七(或六)、七(八句),也有句数无定的,韵脚不严,和《琵琶记·挨糠》中的[孝顺歌]的句式有明显差别。

(4)[山坡羊]

《贺太平·庙逐》
打得我泪满腮
嗳
恨判官太无理
师父你是铁打心
不该将我赶出山门外
好伤悲
扑簌簌泪珠垂
思知
看看来到荒郊地(又)

《芦花记·汲水》
婆婆太狠毒
咳
不由人痛断肠
亏你下得脸皮
日夜将我来磨难
好伤悲
扑簌簌泪珠垂
思知
两步前来一步行(又)

[山坡羊]是南北曲较常用的曲牌,《九宫大成谱》定格南曲大抵是七、七、七、八、三、五、七、八、二、五、二、五(十二句),高腔一般是六、一、六、六、七、三、六、二、七(九句),且多用“扑簌簌”、“哭哀哀”、“硬邦邦”、“闹喧喧”等象声词。

(5)[哭相思]

《拜刀记·回营》
自从那日分离去
今日又相逢
重相见
不由人两泪流

《黑蛇记·考察》
自从那日分离去
(谁知)今日又相逢
重相见
不由人两泪流

[哭相思]系南曲常用曲牌,《九宫大成谱》定格大抵是七字或七、六、六、七(四句),松阳高腔大多是七、五、三、六(四句),也有只用两句,原是人物上场时的"引子",一般多用在分别重逢时,由于不同的戏多用相同的曲文,使它成了通用的"堂众曲"。

(6)[下山虎]

①
《拾义记·六出》
将军性烈(又)
命丧黄泉
三魂渺渺归阴府
七魄茫茫随浪走
(可恨)豪官押势
将身逃出是非门(又)

②
《拜刀记·十一出》
哀告祖先(又)
弟子说知
今日上香无别事
保佑我儿及早回
重重上香(又)
保佑我儿及早回(又)

③
《芦花记·描容》
娘亲听启(又)
孩儿说知
今当三月清明节
办有祭礼来祭扫
娘(亡早)把儿抛
三魂渺渺(又)
七魄茫茫
(好似)燕子哺儿空费力
养得毛长各自飞
(咳)哭到如今不见(亲)
娘(到来)(又)

[下山虎]高腔的词格一般已稳定在四、四、七、七、四、七(六句),首、末两句唱时重复,如①②两例及《拜刀·十八出》如是,③例及其他剧中已有不断扩展到十句或十二句的。

(7)［桂枝香］

①《芦花记·描容》
母亲容(哀)告
孩儿说知
今日清明佳节
孩儿描容祭扫
怎敢(咒)骂(老)娘(又)
饶着孩儿(又)
这一次
若还有日出头日
决不忘了母亲恩(又)

②《双包·训子》
我儿听起
为父说知
你在书堂勤读(文章)
不可在外闲游
为父教训(又)
教训我儿(又)
细思知
若还有日身荣贵
荣宗耀祖改门昌(又)

③《黑蛇记·祭扫》
上告岳丈
小婿说知
今乃清明佳节
小婿(欲办祭礼)前来祭扫
□…………………(注 3)
暗里仗侍(又)
细思知
若还有子接后根
桃李□………

④《白兔记·磨房相会》
多年别离
常怀挂念
(都)只为两下无缘(又)
默默中常叹
乃云梦间(又)
夫妻拆散(从无会面)
谢苍天
夫妻又得重相见
花谢重开月再圆(又)

［桂枝香］高腔有自成的格律,其字句一般为四、四、六、六、四、四、三、七、七(九句),虽平仄,声韵不太讲究,但唱者顺口,且自成一体。

(三)已完全改变原曲牌句式格律而改用整齐的五字句、六字句、七字句的。如:

(1)［新水令］

《芦花记·五出表画》

我提起笔来表画	画不尽那万般容

(天上)月可画	不能画其深
不能画其明	人可画
星可画	不能画其气
不能画其尽	画虎画皮难画骨
水可画	知人知面不知心

[新水令]南曲正格是七、七、五、五、四、五(六句),高腔却是上下齐言的句式,其词格有四个三字、五字联珠对和七字对的形式。

(2)[解三酲]

①《卖水记·十三出》

我王桂英写信	还有彩缎二十四
(多多)拜上彦贵相公(便得)知	待等中秋亮月明
可恨父亲心歹意	来到花园上楼去
哄我上门退了亲	你把诗书用心读
(我有)黄金百两相赠你	早配奴家莫待迟

②《芦花记·十八出》

痛儿夫命丧黄泉	且听为嫂说你知
不由人两泪珠流	须念哥兄于足情
上告叔叔听诉启	千朵桃花共树生

[解三酲]高腔的曲词,已不遵循南曲的格律,基本变成七字句的齐言体和对偶句式,其句数多寡自由,如除上二例外的《鹿台·十三出》是十二句。

其他如[翠帕儿]、[点绛唇]等曲词亦都离开了南北曲牌的词格,变成了整齐的四个七字的句式,犹如配曲的定场诗。[江头金桂]原来就是[江儿水]、[柳摇金]、[桂枝香]三个曲牌的“集曲”,字数句格本不太严谨,松阳高腔的曲文却成了不同句数有整齐的七字句的变格。

(四)完全脱离了南北曲牌的词格句式,相同的曲牌名称在不同的剧,不同的曲词出现不同的字数句式的。如[四朝元]、[锁南枝]、[一封书]、[叠字经],其中[锁南枝]在《九世同居·五出行路》中同样是生(人物张豪)的同一曲词,在四种抄本中就有四种句式。

由于现存抄本极少,且多残破,加上传、吐、抄的原因,曲文中有的往往不注曲牌名称,有些曲牌虽其曲文和南北曲牌比较,字句格律全异,但决不是毫无字句规律的野曲滥词。

注:(1)(又)是表示此句重唱,下同,所摘述原句中,所有(　　)符号,均系摘编者加。

(2)此例摘自80年代抄本。

(3)原来此句已残缺,以下有此符号者同。

松阳支木村叶氏宗祠的戏剧人物木雕

附:高腔已知曲牌名称

根据现存留剧作及录音资料摘录高腔的曲牌(未排除其中有唱腔曲牌,器乐曲牌相混,及因口述抄录者错异字的原因,使同一曲牌以多种名称重复出现的因素),计有:

驻马听、北主马、驻云飞、江头金桂、桂枝香、风入松、山坡羊、下山虎、锁南枝、沙南枝、一字调、解三酲、哭相思、孝顺歌(行路歌)、引(出台引)、尾声、落台引(落台尾)、一封书、四朝元、点绛唇、北点绛唇、清江引、北清江引、红衲袄、青衲袄、望重台、傍妆台、步步娇、朱奴儿、香罗带、混江龙、一江风、新水令、清水令、小红花、水红花、小桃红、一枝花、半天飞、半天行、沽良酒、古梁州、皂罗袍、不是路、叠字经、叠字令、四边静、九连灯、字字双、玉芙蓉、翠帕儿、江儿水、园林好、浪淘沙、长生道、朝天子、水仙子、耍孩儿、二郎神、三更响、不停飞、月儿高、将军令、三枝香、八声甘州、沉醉东风、齐天乐、普天落、红绣鞋、懒画眉、画眉序、金钱花、宜春令、绣带儿、太平引、忒忒令、五供养、玉交枝、川拨棹、尾犯序、残、腊梅花、惜双娇、窣地锦、山花子、金索挂梧桐、琐窗郎、高阳台、双灌鸠、剔银灯、大迓鼓、神仗儿、滴流子、入破第一、破第二、衮第三、歇拍、衮第五、煞尾、出破、啄木儿、生段子、屡屡金、鲍老催、双声子、锣鼓令、雁过沙、玉抱肚、梁州序、陶金令、别仙桥、和尚念经、拜别曲、划龙舟、拦门撒斋。

十、松阳高腔音乐

松阳县高腔音乐,风格独特,唱腔辽阔优美,伴奏轻快秀丽,带有浓厚的山村风味,其声腔系统属曲牌体,有散唱的引子、尾声,有上板的、带散的、夹滚的诸曲牌;演唱形式上有后场帮唱,以板、鼓、锣等打击乐器助节定拍等方面和其他高腔共具特色,但也有利于其他高腔而自成一格。

松阳高腔的音乐以曲牌为基本单位,它以若干相同或不同的曲牌有机地组合,构成一曲戏,继而由许多出戏组成一个折子或正本。

在曲牌文体方面:

有延袭曲牌文体的原有套数,如《琵琶记·辞朝》中,仍保留着元本《琵琶记》中的[北点绛唇]、[神仗儿]、[滴流子]、[入破第一]、[破第二]、[衮第三]、[歇拍]、[中衮第四]、[出破]、[煞尾]等一套大曲。

有自成的词格体式，如[驻云飞]曲牌，按一般正格为四、七、五、五、一、四、四、五、七(9句)，而松阳高腔中的文体基本稳定在四、七、五、五、五、四、五、七(8句)，重唱句都统一在第5、第8两句(见下例文)。

[驻云飞]

《鹿台·十三出》
听说伤悲
怎不叫人珠泪淋
指望脱父罪
谁知丧自身
提起泪淋淋
恼恨昏王
戮杀我儿身
怎不叫人珠泪淋

《八仙桥·七出》
忙步前行
阿三家中转回程
远看有一女
坐在尘埃地
忙步向前行
啼啼哭哭
看她正伤心
急忙上前问原因

《拜刀记·三出》
奸党无理
真(怎)知太平尧舜君
太平时节见忠臣
落难何(无)曾见一人
奸妄无故弄朝廷
等待早期
奏与君王知
只怕事到头来难见真

(按：以上唱词在松阳高腔手抄本的原文中第5句、第8句句末加“又”字表示该句为重唱句，笔者改在唱词下加黑点为重唱句，以下例文同。)

又如[风入松]曲牌，一般正格为七、五、七、七、六、七(6句)，松阳高腔的唱词稳定在5个七字句，并统一第5句为重唱句。(见

下例文）

[风入松]

《三状元·十九出》	《夫人·二册》
我儿一去未回归	员外一去未回归
使我心中常挂念	此去不见转回来
前面人马闹洋洋	前面喜鹊重重叫
想是我儿转还乡	想是员外转回来
我坐画堂等他回	我坐画堂等他回

有许多无规格的曲牌，如[红衲袄]曲牌，很多戏都有此曲，虽牌名相同但词格都不一致。（见下例文）

[红衲袄]

《鹿台·十出》	《夫人·二册十七出》
告我王听诉郡	东方又是甲乙木
容微臣奏表章	木德星君东方霸
我王本是圣明君	东方来霸起
一统山河乐太平	叫我如何逃脱去
伏望我王准我表章也	一统江山乐太平

《白兔记·抡棍》

三娘你好见识浅	假做痴呆懵懂人
袖里机关他怎知	一来难忘岳父岳母恩爱心
假意一向和顺他	二来难忘三叔为媒说合亲
把田地山场与我中半分	三来难忘三娘结发恩情也
我是替婴洁贵客	自有苍天作证明

许多曲牌虽沿用了南北曲牌的名称，但词格却有整齐的五字句或七字句，连同并为上下句式的单段体式，且词句通俗，易于上口，再如[新水令]正格应是七、七、五、五、四、五(6 句)，松阳高腔《芦花记》中的[新水令]却是上下齐言的格式。（见下例文）

[新水令]

我提起笔来表画，
画不尽那万般容，
天上月可画，不能画其明，
星可画，不能画其尽，
水可画，不能画其深，
人可画，不能画其气，
画龙画虎难画骨，
知人知面不知心。

曲牌文体，除上述几种情况外，在现存的手抄本中，还有许多没有曲牌名称和未定型的曲文，有的虽偶尔注有曲牌名称但没有稳定的词格，相同的剧名不同的抄本，只有相同的剧情大意，没有律成的文词规格，句数、字数都不一样，甚至章节、分出次序亦常有顺倒、增减变化；俚言俗句连篇，虽文不雅丽，但妇孺易懂，且为观众所接受。

以上种种说明松阳高腔的曲文，虽有与各地高腔相同的曲牌名称，但其文体词格并不相同，甚至大不一样。虽不见有自成一套的独创的格律体制，但并非全无词格可言，这体现了“村俗戏文”、“场上之曲”，在文体处理上的灵活性和随意性的特点。

在曲腔方面：据老艺人说，松阳高腔的曲牌有一百零八首，也有说多在一百二十首以上，这说明松阳高腔的曲牌繁多，腔调丰富，可惜多已失传，或虽有留传但已不知其名。根据 1959 年以来的录音资料，经过整理，保存有名、失名的唱腔曲牌七十八首，其中[一字调]、[孝顺歌]、[驻云飞]、[江头金桂]、[风入松]、[桂枝香]、[解三酲]、[山坡羊]、[下山虎]、[红衲袄]、[驻马听]、[园林好]、[锁南枝]、[四朝元]、[玉芙蓉]、[点绛唇]、[懒画眉]、[一封书]、[将军令]等是目前仍在常用的曲牌，有些曲牌虽名称不同，其旋律却基本一样。

[园林好]常用在角色即将下场时，故艺人称“落台尾”。[驻云

飞]用于叙述、叙事,[桂枝香]用于拜别,[风入松]用于合家团圆时,[将军令]用于将帅发令时,[哭相思]用于久别重逢时,[混江龙]用在旅途忆事时等等,但并非所有曲牌都是专曲专用。

唱腔曲牌完整的结构分:(1)起腔(即头部),以散板头最多,其节奏、速度较自由;还有接板头,由小过门与接板锣合奏,用1/4和2/3拍的正规节奏,情绪较紧凑。(2)过腔(即中间部),是一首唱腔曲牌的主体,全部是1/4或2/8的节奏,旋律基本上由简单的上下句作一系列连续的变化反复组成,伸缩性大,形式自由;中途常增插一些叠句作为对比,旋律简单,且多一字一音,将各种定腔乐汇以明快的节奏,灵活自如地搭配使用,与头部的散唱,尾部的拖腔形成了鲜明的对比。(3)落腔(即尾部),现知有[驻马听]等六首曲牌各有一句尾,全部用散板节奏,速度较自由,加强了词意与音乐的收缩感,其余曲牌的尾部,大都以扩展了的腔句作为结束句,唱调行腔时,每句的尾部加带字或不带字的帮唱,都以甩腔落句。

松阳高腔经过长期的艺术实践,形成了一系列比较稳定的,有一定独立性的唱腔乐汇和腔格音调。这些腔格的乐汇分别体现在各唱腔曲牌的起腔、过腔和落腔,组成了曲牌腔调的基本结构。

许多腔调虽曲牌文体的名称不同,而音调旋律却是相同或基本相同,出现了一腔多用,一曲共用,曲牌名称与曲种并不等同的情况。

一首曲牌音乐,既适应多段落分节歌唱,可以套用其他歌曲演唱,也可以在不同牌名下使用。

根据现已整理的唱腔曲牌,按宫调、旋律及使用情况,可以分成许多类型。如:

有[驻马听]、[驻云飞]、[半天飞]等;

有[江头金桂]、[四朝元]等;

有[将军令]、[混江龙]、[普天乐]等;

有[红衲袄]、[耍孩儿]等;

有[桂枝香]、[风入松]、[四边静]等;

有[山坡羊]、[步步娇]、[青衲袄]等；
有[解三酲]、[香罗带]、[望重台]等；
有[沽良酒]、[浪淘沙]、[长生道]等；

有[锁南枝]、[孝顺歌]等；	有[朝天子]等；
有[一字调]、[水红花]等；	有[水仙子]等；
有[一江风]、[玉芙蓉]等；	有[不停飞]、[月儿高]等；
有[二郎神]、[清水令]等；	有[下山虎]等；

有[园林好]、[三更响]、[哭相思]、[快不是路]、[慢不是路]、[哭板]等；
有[叠字经]、[九连灯]等；
有[清江引]、[懒画眉]等异腔杂调。

松阳高腔丑的行当最富有艺术的独创性和革新精神，常以吸收融合一些民歌小调来丰富对剧中角色的艺术形象的创造。

在现保存的松阳高腔抄本里，许多曲词（竖行写）的右侧，有一种弯弯曲曲回转的线状记号，艺人称之为“曲龙”（见第二辑第1页），它是松阳高腔前辈艺人向后辈（学生）教戏时，在手抄本上所作的一种指示曲腔旋律和行腔走向的符号。

松阳高腔有经过历代艺人长期的艺术实践而创造的基本乐汇，有习惯的吟唱方式、演唱规律和行腔规则。“曲龙”并不是被管弦、叶宫调、定节奏，旋律稳定的曲谱，是松阳高腔前期的较为原始的演唱记号，是帮助学唱者学习的有一定自由性和随意性的行腔规则和依据。

松阳县城的“下天后宫古戏台”

“曲龙”多见

于曲文的句尾，它依照唱句的分句、段落而标画，虽各人的画法有别，但分句、段落的规律和所表示的腔势走向类同，这些说明演唱时，基本上以句为单位行腔，一个曲牌有几句词文就有几个“腔”，有几种不同的记号就要求行腔时须用几种不同的旋法。在唱腔稳定成型且被管弦之后，“曲龙”的功能渐趋衰退，失去了标画曲龙的必要性。所以现在所见的清代抄本中(包括清乾隆、道光年间的抄本)“曲龙”符号已不很齐全，辛亥革命以后的抄本大都已省略，近期的抄本就干脆不再标画“曲龙”符号，所以近、现代艺人虽知有“曲龙”者，却不知“曲龙”之意，更不知如何使用曲龙行腔。

松阳高腔都用直声演唱，不咬头腹尾，真假声结合发音，尤以生、旦使用假声较多。起腔前的“叫头”一般都用假声，然后起板开唱。句尾帮腔时，演员用假声进行高八度甩腔和后场用真声帮唱，形成了八度并唱的“衬腔”效果，别具一格。

同名、同腔的曲牌、分行当演唱时有各行当的不同的唱法的变化，丑角的唱腔，多用“串板”(数板)式的音调，一般上下句的旋律进行，有较明显的夸张和诙谐的特点。

帮腔有三种形式：(1) 句尾帮腔不带字。(2) 句尾带字帮腔。(3) 曲末全句帮腔，帮腔部分都由后场击鼓板的人起唱，敲小锣的人或加其他人共起帮唱；帮唱时，演员或一起唱或停口不唱，无定格。

松阳高腔，被称为“白沙岗土调”(见《松阳县志》)，其舞台用语却非全土。唱、念基本上用松阳的读音(文读)，对话说白尽量学用“普通话”(松阳官话)。如：“客”、“官”、“礼”、“有”、“祥”、“门”等词的读法已和标准语音接近或相同；但将“几”、“姐”、“西”、“军”念成“知”、“只”、“私”、“中”是“山里人讲京话”，半土半“京”；而“荣”、“扰”二字念成“云”、“肖”，却已弄巧成拙，变成了别字。《夫人》一剧里的小丑演“法清”，全讲松阳土话或学讲演出地的乡话，语言诙谐风趣，行腔中常用“啊”、“呀”、“咦”、“哎”、“呃”等衬词，这与当地民歌、小调常用衬词，以助语气、衬腔情的演唱风格相似。

松阳高腔，至少在一百多年以前就有相当完整的管弦伴奏，有引腔的过门及吹打曲牌。当年，据年已九十一岁的艺人叶樟根说，他祖父辈时就以笛子、唢呐、二胡等乐器伴奏助唱，但不知始加伴奏的年代，也不知有不加管弦的松阳高腔。

在乐器的使用上，文场戏以及生、旦等角唱腔多用笛子、二胡伴奏，曲情优雅委婉；武场戏以及花脸角色的唱调多用大唢呐伴奏，粗犷辽阔。整个音乐的风格既有激昂慷慨的气质，又有温柔敦厚的特色，并没有“唱口嚣杂”之感。对唱调的伴奏，在开唱前有引句，每句唱腔结束时加过门，行腔中加花；曲牌句尾行腔和过门中掺击小锣，许多小锣打在腰板上，使行腔形成了明快流畅的风格。小锣在松阳高腔的音乐唱腔中有其特殊的地位和功能，所以艺人们常说，松阳高腔的小锣要比其他声腔难打。

唱腔曲牌以笛色定音，其中笛小工调（闷 5），配方胡（胡即二胡，下同）63 弦，帮胡 52 弦；笛乙字调（闷 1），配主胡 26 弦，帮胡 15 弦。唢呐分小工调（闷 5）、乙字调（闷 1），六字调（闷 3）三种。后期移演《卖棉纱》及开始改用“闹花台”所加用的小唢呐（吉子）和小胡琴（徽胡），其宫调定弦与乱弹徽戏相同。

器乐曲牌多数来自民间器乐曲及道教音乐，也有部分是唱腔曲牌的变体，后期还吸收了兄弟声腔（主要是徽、乱）的器乐曲调。其器乐曲牌的名称有：[将军令]、[粉妆台]、[华光调]、[小过场]、[摆酒令]、[设宴令]、[上朝令]、[接圣旨]、[满堂红]、[大调]、[调情]、[和尚采花]、[行礼调]、[一字调]、[渔家乐]、[游乐门]、[小开门]、[小桃红]、[万年欢]、[闹头场]等。上述曲牌，依据剧情分别用丝竹主奏，丝竹加锣鼓；唢呐主奏，大鼓定节；唢呐加锣鼓，丝竹加大鼓等形式演奏。

后期的曲牌体制，在兄弟声腔（如徽、乱等的板腔体声腔）的影响下，逐步混加衍化了很多板式成分的伴奏。计有（1）套板：如叫头、哭头等起引腔作用。（2）平板：一板一眼，速度平稳。（3）倒板：散板节奏，情绪激烈。（4）叠板：即滚唱。（5）叠白：紧凑快速的白口，似滚白。(6) 科子：即数板或称串板。(7) 紧板：即快板，无浪头。

后期使用锣鼓经，其中常用锣鼓经有[起板锣]、[接板锣]、[倒板锣]、[一字锣]、[火炮锣]、[长锣]、[闷锣]、[魁星锣]，还有[水底鱼]、[纱帽头]、[双绞丝]、[满天星]、[平锣]、[水星锣]、[练罡锣]、[跳神锣]等。[练罡锣]、[跳神锣]是《夫人》戏中特有。

后台乐队一般是五个行当。(1) 鼓堂：司夹板、板鼓、大鼓(兼帮唱)。(2) 正吹：司笛、唢呐、先锋。(3) 副吹：司唢呐、主胡。(4) 小锣：司小锣(兼帮唱)。(5) 散手：司大锣、大钹、帮胡，并以小锣为主和正吹两行当兼值台(检场)工作，后期在演小戏《卖棉纱》及"闹花台"时的正、副吹兼司徽胡和板胡。

后台(乐队)传统坐位如下：

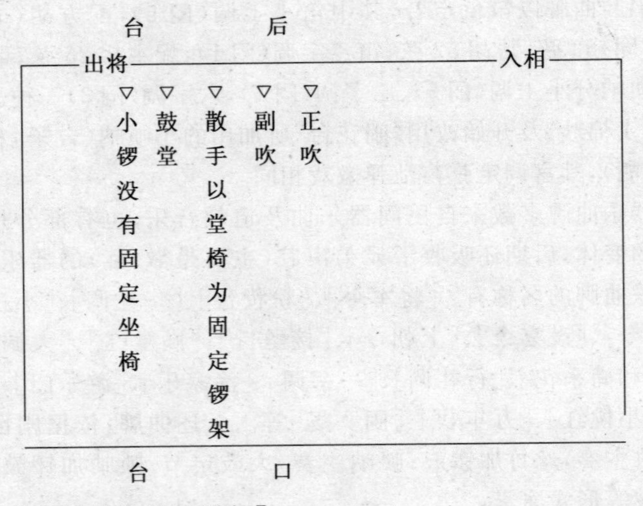

[附常用曲牌唱腔谱例]

(注：因篇幅有限仅举[江头金桂]、[驻云飞]、[孝顺歌]、[一字调]、[解三酲]、[山坡羊]、[风入松]七例，其他曲牌详见《中国戏曲音乐集成·浙江卷》丽水地区资料本。)

附：部分松阳高腔唱段

母亲严命怎敢违

上告公婆听诉启

♩=100 笛(闷 1)乙字调 主二胡(26)弦

蔡 氏(花旦) 陈上元(老外)

选自《九龙角》(《夫人》戏) 吴陈俊 叶张根演唱

松阳高腔发源地之一白沙岗村李氏宗祠古戏台上的清代匾额

我恨金鸡不报晓
选自《月兔记－磨房相会》
李三娘［正旦］
笛（闷5）小工调　主二胡（63）弦
♩=100
（三娘）天怎的还不明，鸡怎的还不叫啊。(0打仓打打仓)
我恨　金鸡哎　不报
(哩)　晓　(金鼓声)(白)喔约那里来的金鼓之声，我爹爹言道开元寺有来往官员安宿有金鼓之声(三更鼓)
[白]你天空高照，照在富豪女子头上，夫妻同欢同乐，何等的好处呐！
(0打仓打打仓)
(吉打吉令　仓仓仓　仓仓　仓仓　仓)　偏呃　偏　照着
我　李氏　三娘　这般　苦命　怎的　了么　月(呀)
哦　(仓　仓)　怎的　不去　(呐)　照　(呐)
磨(咦)　房(啊)　(吉打　吉令　仓)
又只见　美姣　姣　羞答　答(哎)　(吉打　吉令
仓)　美姣　羞答　偏照　我(呃)　身(呃)
呃　上　(吉打　吉令　仓)
李氏　三娘　独坐　磨房　(啊)门　庭啊
(吉打　吉令　仓)

十一、松阳高腔的表演特点

松阳高腔的表演艺术很粗犷，较多地保留着古老的表演形式，风格别致，并明显地反映出“村俗戏文”的特点。

其脚色（也称行当）分工有白脸、花脸、包头三类。白脸堂分：生（正生）、小（小生）、外（老外）、末（付末）；花脸堂分：净（大花），丑（小花）；包头堂分：旦（正旦）、占（贴或花旦）、夫（老旦）；其他还有杂（又称小角或下手）和小包头。其中生、旦、净、丑为正脚，加上小、外、占、夫，八个脚色称“八把交椅”，这八个行当都能演的称“八把交椅都会坐”或称“通八脚”。末虽在八脚之外，但也是一个不可缺少的行当，对末的要求是戏路宽，演技全面，常需插演戏中缺档的角色。松阳高腔的前期没有花旦、二良旦、二花、四花的名称，上述十人行当在一剧中要扮演许多人物。剧目中常出现脚色反串，如《贺太平》剧中的朱元龙（皇帝）由旦扮演，《白鹦歌》剧中的皇帝由占扮演，《琵琶记》剧中的惜春、爱春由小生和丑扮演。《夫人》戏一剧有六十多个人物在十个行当中进行调度，其分工有条不紊，显示了古曲戏曲“脚色制”的共同特点。

高腔艺人经过长期的艺术实践，创造了一整套的舞台表演中的出手、台步、身段等基本程式。诸如：白脸堂以表现正面人物为主，戴帽要“正冠”、“齐眉”，走路要迈“八字步”，出手要“平肩”，以体现正派、文雅、庄重的人物性格；花脸堂戴帽要“露额”，出手可以大张掌指，位置于头部上下，喻曰“满天飞”，以表现豪迈、粗放或奸雄等的人物性格；包头堂要走“人字步”，喻曰“夹菜籽”，手捏“兰花朵”，坐势“交剪梢”，以表现古代妇女袅娜妩媚的体态和娴静、拘谨的神采；老旦走路要脚跟先落地，手擎“酒盏儿”，以显示老年妇女的形象；人物的执扇姿势应是“文胸武肚”，丑的表演最为特殊，扮演人物类型多，性格变化幅度大，表演动作和表现手法灵活多样，在既定的人物性格和情节的条件下，可以极大地加以发挥和创造，不同行当、不同人物性格都有一套不同的表演。

松阳高腔都演文戏，在武打动作方面，演员除学了一些“全堂刀”、“全堂枪”、“全堂棍”、“天地枪”等一般的武打动作外，没有高难度的武打功夫，也没有紧张激烈的武打场面，即使像《贺太平》的鄱阳湖大战和《聚宝盆》的龙宫大战等大打场面，也只是武戏文做。

在一些戏的场面，可以看见许多别具一格表演手法的特色，如《夫人》戏里的女主人公陈真姑的造型，在闺中淡敷脂粉，头包黑绉纱，简带珠花，上穿毛兰衣衫，下穿白色百褶长裙，显然是一个秀丽贤淑的民女村姑；学法收妖时头扎垂背着腰的红布额头，领插竹节马鞭，手执令刀、龙角，一耸一耸地踏着有节奏的颠步，边颠边舞（这种一耸一耸的颠步舞蹈，有比较明显的傀儡的表演痕迹），变成一个敢破世俗，勇于为民除害的女法师。在真真姑（旦扮）与蛇妖变的假真姑（占扮）《斗法》一场中，两个角色各自手拿法宝（令刀、龙角），各在舞台一边就地旋转挥舞，继而互换位置，顺逆旋舞连续三次，每次三转圈，表示从地下打到天上，又从天上打到水中，因真真姑用纸剪的假法宝计骗假真姑的真法宝，致使假宝在水中失效，蛇妖败阵，而后另一演员以反面戏衣遮头盖身及地，手擎蛇形头具及顶上场，和原在场上的人形蛇妖背背相靠，表示假真姑已显出原形，用妖法再斗，不数合被真姑一令刀砍成头、身两地，身尾一段蹭在地上抖动，人形蛇妖（表示已是隐身），乘真姑得胜而去之机，将头首向台右抛送，意为首段已飞升而去，身尾也倏忽下场，表示头尾各段已化成二妖，分赴两地继续作恶。这场表演虽然多系虚拟的手法，却使人真实明了地看见了真姑的智机勇敢，蛇妖的诡诈凶恶及惊心动魄的鏖战情景。《夫人法通收妖》中的法清，歪戴麦秆小帽，额扎红头，身穿马褂，一步一跳，贪玩怕累，在沿途戏以法术代步，在庙中收妖时丧失警惕，面对凶恶的蛇妖，多次点破法术，反害了哥哥的性命，回家报信时支支吾吾不敢说出自己犯了大错，闯下大祸的真情等情节的表演，活现了一个不知天高地厚，不辨善恶、人妖不分，淘气闯祸的乡村顽童的性格。又如《卖水记·活祭》中，王桂英因未婚夫含冤负屈，自己又无力相救，在法场眼见他即将身首异地，极度悲愤，纵身高跳，双膝同时跪地、膝行，伏身悲泣的表演幅度较大，感情朴实真挚，造成了强烈的舞台气氛，动人心弦。再如《火珠记》剧中，孙悟空斗野鸡妖时，后台用大唢呐吹奏着具有民间灯彩歌舞色彩的《华光调》曲牌，加上两个角色在轻松的鼓乐中，进行互相配合的造型性的表演，与其说是一场激烈的搏斗，倒不如说是比较风趣又具有民间风格的一场双人舞蹈，使这段

松阳县安岱后村陈氏宗祠的古戏台

戏增添了神话色彩。

“渡桥”、“捏诀”、“点罡步”是《夫人》戏中特有的舞蹈动作，是表示陈真姑与妖魔斗战，拯救良民于水火，使人起死回生的道法手段。其中，“渡桥”是接引天兵神将时的动作，演员两手掌心向上，拇指扣压弯在掌心的小指，其他三指伸直，对着所请兵将来的方向的上方，两手互相交换向近身移动，两脚以相同的节奏换步向后退，表示恭引；“捏诀”演员念念有词，一拍双掌后两手手指互相扭结翻转，配以各种台步，向着不同的方向，连续做出各种手势，一种手势表示一种神灵的法力神通；“点罡步”是虚拟真姑发功作法的又一种特殊形式的舞蹈动作，有“三点罡”、“二点罡”等多种。如《夫人·南庄庙救兄》一场中的“五方罡步”，演员额上扎“红头”，后领插“马鞭”，右手挥“令刀”，左手舞“龙角”，先前而后，先左再右，从舞台四角到舞台正中的五个方位，以一脚踏地为轴；在每个方位以一脚尖向身前、身横、身后三个方面各踮地一下，然后换脚再点三下，继而旋转换位作为一组，如此连续在五个方位做完，同时插以“捏诀”、“排骨”、“洒净水”、“滴亲血”、“写批示”等动作，加上演员边演边唱边舞，配以吹奏乐曲和打击乐器，使一出只有一个演员上场，情节单调的《排骨炼丹》戏，变成了一场翩翩的舞姿，有动听的音乐、动人的唱调的丰富优美的歌舞表演，令人赏心悦目。

“拜将”是松阳高腔有别于其他声腔剧种的另具特色的表演手法之一，如《贺太平》有一出演朱元龙（即朱元璋在剧中之名）在与陈友谅进行鄱阳湖大战前，拜刘伯温为军师，委托刘伯温调兵遣将时，君臣、帅将、帅兵之间行礼的表演。有朱和刘共同拜天、拜地、拜印、拜将、拜兵和朱刘二人互相两次换位对拜的场面。其中“拜天”意为君臣同为替天行道，拜祈皇天福佑；“拜地”意为君臣立地共生，望后土佑其成业；“拜印”，印代表权力，君委臣以重任，臣报君以忠心；“对拜”是朱和刘二人互相对拜，意为朱尊刘为师，屈尊下属，刘感皇帝知遇之恩情，肝胆坚贞；“拜将”、“拜兵”是君臣同拜左右，其意将、兵为君帅之本，望其严律明纪，竭诚效忠。上述拜将不仅表现出松阳高腔对这种场景、舞台调度等问题处理手法的独特之处，也表现出松阳高腔在表演处理上具有民贵君轻、君臣平等、官兵平等的浓厚朴素的民间意识。

在私人拜会的场景处理上另见别致的手法。平辈亲友相见行礼时，双方向着上席（堂桌方向）作揖入座，算是拜见之礼，并不是互相对面行礼入座。

在《十义记》中，黄巢每次出场，都表示前后相隔有一定距离的岁月时程，但台词中没有具体的交待，只在表演中见人物形象的变化。如黄巢每出场一次，其胡须要更换一次不同的颜色，即自黑胡而苍胡至白胡，使人看了自然就明白故事时间上的变化。

舞台调度处理手法，显得简单原始。其行动调度如：“行路”表演夫妻父子等人物双双赶路的场面，演员的身体朝舞台的三位至八位方向边走边唱，直到唱词结束，表示舞台空间的转换。

“剪刀梢”二个角色同时按正反“∞”字形行走，走时成斜插花，二个急转身，以渲染激情的情景。如《合珠记·米·敲窗》一折，金真进状元府,得老仆之助向文举进米,文举品其味似金真所制,又在米中发现半颗珍珠,急求夫妻相会,夜开门寻找送米之人,金真也急切地想会夫君,黑暗中相互错开行走,串插花,不见人,第二次又错开行走,串插花。如此反复三次,表现了双方以求速见的心理状态和黑灯瞎火对面不见的场景。

"双龙进水",持器械的敌对双方交战的调度,二个角色各持兵器冲出场,前、后挖门进,向对方发起挑战、冲击状,并交往内二个急转身以示交战,移位又同转二个内转身,"催磨裥"紧接双龙进水,甲先为磨心,右手拿兵器插腰,左手为佛手状,身体为磨轴逆转动,乙耍花枪,围甲转,转一圈相互调立,按同样的调度,有时非交战场合也套用。

"圆台"、"半圆台",一个或几个角色在舞台上按圆形路线行走,速度有快有慢,圆场可大可小,这是松阳高腔常用的舞台调度。

其他诸如"挖门"、"站堂"、"走四门"、"走马"、"五虎阵"、"三角阵"、"列甲阵"、"蛇脱壳"、"走过场"等场头的行动调度,都有其律成的形式。

松阳高腔流传至今的数百年间,经过历代艺人长期的舞台实践和艺术创造,在表演艺术上已经形成了一整套自己的表现手法和表演程式,有自己的独特的风格,是祖国戏曲艺术宝库中不可忽视的民族遗产。由于历史、社会、文化、生活的地域交通等种种因素,一直处于民间状态的松阳高腔,仍然保持着原始的、土俗的表演特点,而且也多少滞留着封建、迷信、下流的糟粕,犹如沾留泥沙的未琢之璞,有待后人去精雕细琢,加工提高,使这一古老的民族艺术之花重现芳姿。

十二、松阳高腔旧班规习俗

(一) 戏神

奉唐明皇为戏祖,称"戏神",戏神系一白面褂三丝穿黄蟒戴瓯金帽的木雕坐像。

戏班每出外演出，由小丑背着戏神在演员队伍前头行走，到演出地，即将神座设在箱房衣桌中央，日夜上香。凡戏班每年春节后第一次开台或新戏班开红台，必先向戏神上祭祷祝。新收学生，须由先生带领先在神前跪拜。当有二个以上学生争学一角难作决定时，先生带领学生在神前拈阄决定。戏班人员违反班规，须在神前请罪受罚。

（二）开台

戏班每年春节后、歇伏后第一次开锣演戏前要举行“开台”，也叫祭台。

开台式，由一演员扮鲁班，在长锣声中上台，向戏神和当地神祇上香祷祝，祈保戏路亨通，演出吉庆，人员平安，并割活公鸡鸡冠出血，在戏箱、行头、乐器、戏具及戏台壁柱上揩抹鸡血（边揩即有人随后擦拭干净），然后将活鸡向台前抛出，任鸡自飞。接着先锋开音正式开锣闹台演戏。

鸡飞的方向，视为本期出外演出始发路线的吉利方向。

（三）演出程式

按常规的演出一场程式次序：

（1）闹头场

是开场锣鼓，由长锣、火炮锣、沙帽头、水底鱼、魁星锣、满天星等多种锣鼓经组合而成，以后改奏闹花台。

据说，松阳高腔各班原不会奏闹花台，是以后向徽班学来的。木偶艺人叶祖标却说，是1925年前后木偶班的陈木森（会奏闹花台，本地人称小番）受雇到高腔纪新聚班做正吹时所教。

（2）排八仙

有文武八仙、赐福八仙、偷桃八仙、蟠桃八仙、三星八仙、七星八仙、罗汉八仙、对花八仙和十福八仙等多种形式和名称。

（3）三跳

即跳魁星、跳加官、跳财神。

凡有地方官员或当地士绅等头面人物到场看戏，戏班让演员在跳加官时出示该人的名衔，或在什目和正目演出间歇插演跳加官，以示祝其步步高升，被点名之人亦乐以向戏班当台封赠红包。

(4) 演什目

什目也叫找剧，即在正本大戏前，先演二至三个折子戏。

(5) 闹二场

在折子戏演完至正本大戏开始前之间，插加演奏吹打乐，但也常将闹二场一节省略。

(6) 演正目

正目也叫正本，是当场上演的主要节目。

凡上演的正本大戏和折子小戏，一般都由当地的头面人物点选，称“点戏”。

(7) 谢台

谢台也叫拜台、拜堂。每晚戏演结束后，由演员扮无名状元和状元夫人在唢呐乐曲中出场，向台前观众行礼、走圆台入场。

至此当场的演出活动宣告结束。

(四) 判台

判台也叫“扫台”，是每期在一处戏台演出的结束式。

当最后一场戏终后，除扮包公、张龙、赵虎三角的演员外，全部卸装，行头装箱，留台心桌一盏灯外，场灯全熄。包公在张龙、赵虎的随侍下上台诵诗念白，先礼送到场看戏的神祇离场归庙；继再祝祷本地(村)物阜民康；三再喝令所有魔鬼山妖立即离村，不准滞留惊扰黎民，违者“尚方宝剑”决不留情。惊堂木连拍，大锣小鼓声阵起，踢倒合心桌(同时村民掀翻一块戏台板)，绕戏台、戏场及全村通道路弄一遍，直出村口百步以外，演员就地卸装结束。

(五) 开红台

是新教学生新办戏班的第一次出台公演仪式。

早期，松阳高腔创办新班，大都是因乡村为祈神保佑村民物阜民康、风调雨顺而许下来年办戏班演戏酬谢的宏愿，以一村或数村联办的会计主办，负责招生、教学、村内演出事宜。

新招的学生，经过百余日的教学训练，基本学成三五本戏后，选“红砂日”迎神设祭演戏还愿，同时延请当地及附近名士乡绅莅临指导。

开始前，以戏班的面具“龙头”，对着台前，以新置长绳作龙身，尾接戏祖神案，主办者按学生人数，特制写有各人名字（有艺名的写艺名）的花灯，按丑、净、生、旦行当先后为序，依次排列悬挂在“龙身”上。全体学生由主教先生率领，先向“戏祖”上香跪拜祷祝，后向当地神祇敬香，接着燃放鞭炮，举行“开台”式，继而闹台、排八仙、三跳、正式演戏。连续数天，将所学的戏全部献演一遍，其戏目常选《三状元》、《八仙桥》、《贺太平》等，意讨吉庆之彩。

仪式结束时，当台向先生挂赠红布，表示敬谢。

应邀的文人雅士乡绅，当台封赠彩礼，有的还即席题词赋诗，为戏班和演员取名。玉岩名士杨士堪曾为周安新戏班议定班名“联乐”，向各学员赠白摺扇，即席在扇上题字及取艺名，其中吴大水、吴陈俊、吴昌田分别取艺名“文艳”、“桂芳”、“云龙”。

村民视开红台为本村喜庆大事，置办酒食呼亲邀友看戏，外地商贾小贩争相设摊，小小乡村顿成闹市盛会。

（六）出煞

新建戏台落成后，第一次演戏的开台式，请戏班演的第一场戏，选“红砂日”开演。

开演前，演员扮鲁班在长锣声中上香祈祷，当台杀公鸡，以鸡血滴台并揩抹戏台的柱壁下端，以示警鬼，以致使“五鬼”（以演员事先化装隐蔽）惊慌在台上奔逃，接着演员所扮的韦陀杵捧以示佛法镇治。周仓、关平侍随关公，手挥挂有已燃鞭炮的大刀挥舞逐杀，由戏台、戏场赶至村口百步以外为止，演员就此卸装结束回戏班。

信鬼神的人认为，新戏台经“出煞”后，始能保戏班和看戏人平安吉庆，当村人寿年丰。

（七）班礼

是戏班雇佣演员的规矩。

包班制的班主一般都是行头主。班主要确定来年的演员，于农历上年年底歇班前，向拟雇的人送红包，称“付班礼”。接受了红包的人，即和班主建立来年一年在该班演出的雇佣关系。一年中，除班主中途散伙外，否则不得再另搭别班，若“八脚”（八个主要行当）临时逃班的，班主可以用捆缚捉拿的措施惩罚。

（八）逃班

若演员不堪这班班主的虐待而出逃，在出逃中，只要争取在被原班追赶者抓住前，将手带的雨伞行李丢在另外戏班演出的戏台上，另一戏班有义务保护和接收出逃人不受原班主欺凌和惩罚。

（九）勤头

是戏班支付班人工资的基数，在班主行班礼时面定，一般是正生、正旦、大花、小花、正吹、鼓堂、外勤头（负责联系演戏业务的人）最高，定 20 个“勤头”。小生、花旦、老外、老旦、付末、副吹、散手次之，定 18 个“勤头”。小锣、管箱、管账、茶头、伙头更次，定 10 至 16“勤头”。小脚色最少，在 10“勤头”以下。

戏班除戏金以外的收入，如加官红包、烟糖果品（包括剧情中乞讨的）、肉、鸡等，不分“名分”（职务、行当）大小一律平分。

（十）先生和学生

集体新招学生办班的，在学戏期间，先生的“束脩”（工资）数额固定，由主办者支付，另供食宿生活。若筹集的资金不足“束脩”之数部分，由学生分摊。开红台后，先生仍跟班教戏、辅导的，戏班应在每次演出收入的戏金中预先支足先生“束脩”后，才作其他分配。

正常演出，有先生在班内工作，学生应为先生整理床铺、行李，端送茶食，洗衣服。值先生逢十寿诞，学生要送礼祝寿。先生家有婚丧诸事必去参加贺、吊。先生亡故时，学生要执子弟礼奔丧吊孝。

（十一）台规

鼓堂的鼓板“的的”一响，表示招呼前台（演员）人员作准备工作。

正吹试哨表示招呼乐队人员入座，后台（乐队）在先锋开声前要定好音。

演员在先锋开声时尚未到场的要罚肉。

各行当应本工戏务。因故不能上台的，要本人自行请别人代班，如演员误场要罚肉。

演员化妆须由小花先动笔，其他行当才能开始化妆。

每晚由“盔箱”（管盔箱人）负责向当地管事领业务用蜡烛（额定 24 支），化妆用茶油（四两）、卸装用土纸（一格约 100 张），由茶头管领茶叶（一斤），伙头管领柴、盐（炊事用）。

（十二）行路“撒青”

过台基行路，由“头箱”带路，演员行走在中间，“三箱”押后，演员的行路先后有序，小花背“戏祖”走前头，旦角只能走在净、生的后面。带路人凡遇叉路口，采摘路边青草、树叶，撒放在应走的路线上，以指示行路的方向，称“撒青”。

（十三）食宿与生活

不准用常语谈论伙食、讲演出业务。

吃饭要“花脸堂”先开锅盖、先执筷，其他人员才能进餐。

旦脚（包括男性旦脚）的床帐不准别人开启。

演员的膝头不准坐。

如班内发生斗殴争吵，不管谁是谁非，双方都要罚肉五斤。

不准嫖妓宿娼，一旦查觉，犯规者要在戏神前请罪受严罚。

（十四）忌讳

台心桌后的座椅称“堂椅”，除剧中人应位就坐外，别人不得坐。

非业务需要不准敲鼓板，鼓板架不慎翻倒要杀鸡上祭。

先锋开音响亮，主当日演出顺利，平时不准任意乱吹。

盔头架不准挂肉。

戏箱不准架脚，不准用脚踢，包头堂只准坐“三箱”。

把子不准乱动。

灯笼不准挥舞。

行路不准甩石头。

有狗到台上走动，主戏班演出业务兴盛，不得赶逐。

用餐后筷子不得架在空碗上。如不注意架上,将隐喻戏路落空。

十三、松阳高腔手抄本

松阳高腔的传统剧目,目前已知正本有 37 个,折子和小戏 79 个。历代艺人,常以手抄文本(称曲本)传教,如可重旺村的前辈艺人,就是将自己所演的剧目,亲手抄写向后辈传教,到清道光年间的项运相手中,已积累手抄本的数量达箩筐三担之多。这些抄本可惜多已散失,尤在 20 世纪 60 年代被大量销毁。

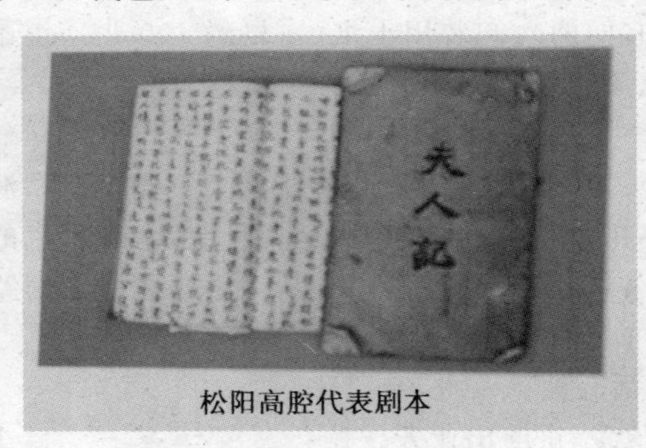

松阳高腔《夫人记》手抄本

1983 年起,松阳县高腔研究室、文联高腔研究会和戏曲志编写小组,多次深入高腔故地,收集到清乾隆以来的手抄本 55 卷,计有 29 个传统剧目演出本的总纲 29 卷、单篇 26 卷,其中除乾隆九年的《拾义记》一卷存中国戏曲研究所,1959 年符磁德等口述《九龙阁》等十二卷存浙江婺剧团资料室,清本《白兔记》一卷由新岗高腔剧团珍藏外,全部收藏于松阳县文化局档案室。

这些抄本,除 80 年代的外用毛边纸、连细纸、松阳土纸、黑墨毛笔,自右到左直行书写,棉纸筋或棉线装订;文本中常见本地语言、方言土语或代用俗字;注有曲牌名称 110 个;许多唱词句末和句中段用红笔标注“曲龙”等唱腔符号;清代本所注主要脚色名称分生、旦、丑、净、外、夫(老旦)、小(小生)、占、末九种。

其清代本有:

①《拾义记》,总纲,清乾隆九年抄。此本封面缺,上、下端都已霉损,第一页有一出开场和二出会友。此剧,至迟于乾隆壬子年

(1792)由新聚堂演出，现尚能上演《阳桥分别》等折子。

②《金印》，丑单篇，道光二十四年金炳监习读本，长242mm，白色连细纸，前后页次残缺较多，残留页左下角霉破严重。本内包括《金印》的家院、顾担、行路、考试、投水、书房、梅香、补师等九出37页；《卖水记》的交战、卖水、退水、劫银、放告、摆道、活祭、回复、落店、捉拿、归家等十三出22页；《八仙偷桃》一折2页。

③《九世同居》、《双包》、《鹿台》、《父子会》、《拜刀》五剧合订本，生单篇，封面及前数页缺，其余页次上、下端为虫鼠所损，抄本长宽、纸质和道光二十四年本相同，棉纸筋订装。其中《九世同居》有拜别、行路、考试、参拜、接旨、手下、会仙、家院、奏朝、团圆等十二出16页；《双包》有庆寿、贺寿、求子、四将、取名、训子、报信、城隍、四将、交战、会仙、拜别、团圆等十三出22页；《鹿台》有庆寿、宣召、劝农、放告、上朝、受罪、霸城、起马、起道、求贤、拜将等十一出27页；《父子会》13页；《拜刀》有开台、请寿、上朝、接旨、太白星、发兵、回报、回朝等八出17页。

④《琵琶记》，总纲，封面缺，长232mm，宽126mm，白连细纸和毛边纸混用，土法线装，部分页左下角被虫鼠咬缺1至数字，其余完好。自四出起有逼试、大别、小别、训女、行路、考试、梳妆、赴宴、饥荒、托媒、议婚、回复、愁配、辞朝、赈济、抢粮、成亲、吃粥、挨糠、赏荷、诘问等二十一出154页，另附12页系盛兴班剧目单(正目30个，折子、小戏76个)和各种符咒。清光绪十三年在上河戏台曾有兴盛班的演出记录。现艺人对此抄本所载盛兴班，有盛兴班是兴盛班的前辈班及盛兴班就是兴盛班二种说法。

⑤《白兔记》，总纲，封面至四出前段各页缺，长280mm，宽160mm，白毛边纸，土法线装，字迹较工整。有归家、说媒、画堂、回家、玩花、逼写、相和、抢棍、瓜精、出番、投军、成亲、挨磨、接子、汲水、接旨、回家、太白仙、出猎见面、回府见父、磨房、团圆等二十三出188页。

⑥《白兔》、《双包》、《拾义》、《黑蛇》、《白蛇》五剧合订本，生单

篇，封面及白蛇剧十四出后各页缺，其余页左下角破损缺字，长240mm、宽145mm，毛边纸、棉纸筋订装。《白兔》有开场、赌博场、归家、算粮账、成亲、玩花、逼写、相和、抢棍、瓜园别、投军、成亲、接旨、回父、外磨房、团圆等十六出46页。《双包》有赏玩、请寿、求子、四将、外请寿、训子、手下报、私庙、四将、分别、团圆等十一出10页。《拾义》有请寿、牙婆、出逃、出关、追赶、落店、赏军、别东、黄门官、父子会、放告、参拜众军连团圆等十一出27页。《黑蛇》有请寿、祭扫、拜别、行路、考试、参相、选内院、上朝、团圆等九出13页。《白蛇》有请寿、见母、讨账、买蛇、归家、落店、放告、归家、托付、投山、见叔等十一出15页。

⑦《贺太平》，总纲，缺封面，其下页面残破。有开台、请寿、圆梦、逃难、收兵、落寺、焚香、拜别、考试、遇猿、游园、拷女、放告、做媒、得宝、扫殿、玩耍、遇将、招军守马、成亲、拜将、渡桥、登基等二十七出74页。

⑧《芦花记》，总纲、封面及三出以前及十八出以后各页缺。有教书、描容、路逢、书房、回家、焚告、锄麦、吊打、出番、发兵、汲水、绩麻、报信等十五出40页。

⑨ 辛亥革命以后至新中国成立初期，抄本有《夫人》、《耕历山》、《脱靴记》、《聚宝盆》、《送米记》、《三状元》、《火珠记》、《八仙桥》、《造府门》、《乌盆记》、《赐神剑》、《三世因》、《摇钱树》、《三闯辕门》等传统剧目的全本，折子的总纲或单篇。

《夫人》是松阳高腔独有的传统连本戏（人戏班三本，木偶班12-14本），历史上曾在本省处、温、金、衢、严、杭及闽、赣、皖三省毗邻地区的城乡普遍演出，其影响程度深至山村僻地，老少妇孺幼人人皆知，其故事至今仍为人们所传诵。《苏》、《刘》、《班》、《伯》和三《白》是松阳高腔以前经常上演的当家大戏。《拾义》、《金印》、《鹦哥》、《太平》、《三世因》五剧至迟在乾隆壬子年（1792）新聚堂班曾上演，《夫人》、《芦花》、《合珠》、《造府门》、《双包》、《葵花》、《九世同居》等七剧至迟在道光年间由秀和班演出。现存的两个民办半职业剧团，尚能演正目《卖水记》、《双包》、《夫人》、《造府门》、《八仙桥》、《合珠》、《耕历山》、《火珠记》、《贺太平》、《黑蛇》、《芦花记》、《聚宝盆》、《摇钱树》等十五剧和其他剧的折子十七个。

十四、班社留字

全县各地的寺庙、社殿、公馆、宗祠多处都设有戏台，戏班演出之后，往往将在此演出的时间、剧目、参演的演员名字以及行当写在箱房的墙壁之上，留作纪念。现在，虽然大多数的戏台的房屋建筑都已扩建、改建，大部留字都已消失，但尚存部分仍然是研究戏曲的珍贵资料。现将已发现的部分抄录，留作史料研究之辅。

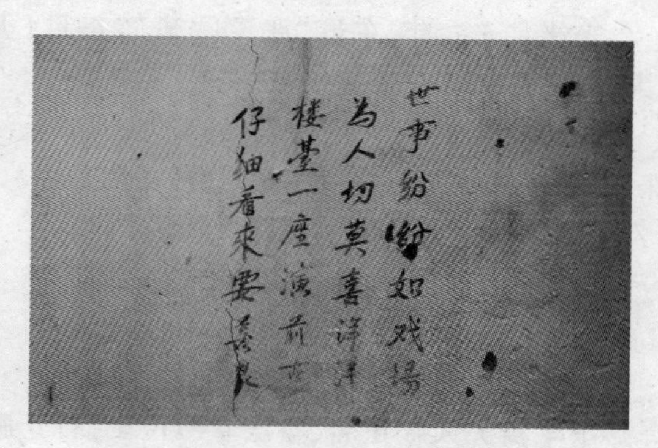

松阳县新兴乡外孟村孟氏宗祠诗题

上河何氏宗祠戏台

上河何氏宗祠戏台建筑较久，初建年代待考。1949 年以后，戏台板及厢房楼板已拆除，改作仓库，两旁楼层墙上仍留有大量的班社留字证明，至迟自光绪四年以后起，各地的戏曲班社曾在此处频繁演出，而且有时一年之中有多次、有多班演出。所留之字有：

光绪戊子（十四年）（注 2）九月初一“品玉班”到初一《九曲珠》，初二《金棋盘》，夜《九龙经》

光绪八年 武邑“新喜班”《永乐观灯》、《凤仪亭》

光绪十年 缙邑“凤台班”

光绪十三年正月 松邑“兴盛班”到此

光绪十七年九月初一“品玉班”众友到此一叙　夜《盗金刀》日《粉红裳》　夜《金棋盘》　日《摇钱树》　夜《火云洞》

光绪十七年 缙邑“吕□班”(注 3)

光绪十八年 “赵宝华班”

光绪十八年 缙邑“三金台班”

光绪二十一年 金邑“小金聚班”

光绪二十二年五月初八 金邑“徐金福班”

光绪二十二年 东邑“张□□班”,正目《火焰山》、《乾坤镜》、《大花鼓》

光绪二十二年 处邑“吕□鸿班”《大战长沙》、《杨棍花枪》、《当珠打擂》、《铁临关》(注 4)《铁笼山》、《两重思》、《万寿亭》

光绪二十五年 永邑“银台合记”

光绪二十六年八月 东邑“王老振玉班”

石仓下宅街夫人殿戏台

下宅街夫人殿正名“益庆堂”,位于“石仓源”的中心,始建于乾隆二十八年,以后成为石仓庙会和戏曲活动的中心,每年逢五月“关玉会”、“夫人会”期,附近各村要轮流出资演戏七天七夜,接着再在后宅“感应佛堂”续演四天四夜。为此《松阳县志·演戏》篇曾有记载。1949 年以后,“夫人殿”成为石仓乡人民政府驻地,庙屋及戏台已几经拆修,墙面大量的班社留字,仅在原二楼厢房留“民国廿七年□月廿二日进门,戴玉麟班”一处字迹,其余皆无存。

后宅感应佛堂戏台

后宅感应佛堂,本地人俗称大庙,始建于嘉庆二十三年仲秋,戏台部分于民国 13 年重修,至今仍保留着古戏台的原貌。这里是石仓戏曲活动的第二中心,每年五月紧接“夫人殿”的“关王会戏”后连演四夜,仲春和秋后也时有戏班来此演出。许多戏班在厢房墙上的留字有:

光绪十三年五月"飞凤台班"

光绪二十六年五月廿三夜进门 武邑"庆福班"《百寿图》、《太师回朝》、《张口借兵》

感应佛堂外景

正目《破庆阳》、《逃生洞》、《对珠还》、《四川图》、《打登州》(注5)

光绪二十六年 东邑"云凤"

光绪二十七年进门(无班名)

民国十八年五月二十夜正门三夜二日 丽邑"何新春班"《口口口》、《红霓关》、《大破洪州》、正目《破庆阳》、《碧玉簪》

民国二十三年三月二十日进门 缙邑"大品玉班"

中华民国二十四年三月十五日 邱顺宝、马海青、胡独官 鄂省天天邑东乡马口场(注6)

民国二十六年五月二十日进门"新鸿福班"

民国三十一年六月初八进门 嵊县"新福午台"。《梁山伯》、《双金花》、《仁仪缘》

民国三十六年五月二十日进门三夜"太缙东舞台"

(无年代)九月二十日正门 松邑“大玉台班”《拜刀记》、《火珠记》、《卖水记》、《摇钱口》

民国十五年五月二十六日进门 永邑“大新玉班”《龙飞凤舞》

(无年代日期)“山凤飞”

打油诗二首(注 7)账一笔:

“到此石仓源,思想用大钱,包场一场赌,口口口王(皇)天。”

“世人莫行赌,前口告知府,舒口几十伴(注 8),家中妻子多点苦。”

“松阳的人爱热闹,正月十五龙灯造,看头好似青蚂淋,尾后好比蚯散刑。”(注 9)

“吃白米二石四斗,黄豆九斤一升。”(注 10)

梨树下社殿戏台

梨树下系枫坪乡的小山村,社殿及殿内的戏台建于光绪年间,戏台基本保存完好。台上有匾一块,匾字“堪为人鉴”,有柱对两双,对文一“玉振金声开乐府,霞飞云遏拥桥门”;二“琼筲暂下钧天乐,珠履频窥处士星。”松阳高腔班曾在此演出留字:

松邑“大王台班”(注 11)民国十九年三月初五到此《白鹦哥》、《合珠记》、《八仙桥》、《鲤鱼记》、《周氏拜月》,连三口

后周包包氏宗祠戏台

后周包包祠已改作小学校舍,戏台已拆,墙上尚存的班社留字:

金邑“徐新春班”民国十四年五月十九日到此

浙遂“鸾凤舞台”民国三十二年二十日到

嵊县“徐新舞台”男女班民国三十七年四月初二到,《三官堂》、《楼台会》、《香蝴蝶》、《玉如意》、《二度梅》、《相骂本》、《碧玉带》

半古月林祠戏台

林氏宗祠戏台和祠屋在光绪年间造,此戏台和祠屋的建筑布局和后刘村的刘祠戏台相同,设在祠屋的中厅,前后各隔一天井与门厅、后厅相望,戏台宽 5 米、深 5.1 米、台高 1.5 米。向门厅一面有木屏壁,壁后 1.1 米,观众在东、西、北三面都能看戏。从墙上留字看,民国 28 年嵊县“徐新舞台”曾在此演出,该班有小丑×××在此演出时病死。

吴弄叶祠戏台

吴弄叶氏宗祠和祠内戏台,始建年代待考,民国 17 年修建,现戏台已拆。台西厢房墙上隐约可见戏班留字:

中午舞台正日《张绣追曹》、《休妻》,正目《送凤冠》、《桂花亭》

板桥周祠戏台

板桥有上下两个周祠,上周祠已拆改建人民大会堂,下周祠尚存,但戏台部分已拆戏作别用。墙上留字有:

嵊西“福意李班舞台”《金玉奴》、《香蝴蝶》、《双合镜》、《双狮图》、《碧玉带》、《梁山伯》、《借珠记》、《双鸳鸯》、《抛汗巾》、《梅花成》、《武家坡》、《仁义缘》、《沉香扇》、《富贵图》、《蛟龙扇》、《花亭会》、《蜜蜂记》

鲁西夏氏宗祠戏台

鲁西夏祠民国辛酉年(1921)重修，戏台无存。在左面二楼箱房泥墙、木壁上有班社留字：

民国十一年十一月初一日到此“新鸿舞台班”改“新紫云口口班”

民国二十年十一月“何新春班”

民国二十一年十一月十四夜到“戴玉麟班”

民国二十七年十月二十八日“新鸿福班”

(以下无年代记载)

嵊口“胜利社班”《祭塔》、《王华卖父》(注 12)

《龙图卷》、《龙凤锁》、《合同纸》

绍兴“大联升班”《两重恩》、《破肚脸花》、《借珠花》、《琵琶计》、《仁义缘》、《游庵认母》、《呆大富贵》、文武花旦口口文武小生有生八县第一

“福意舞台”

“张金玉班”

“小高升”正旦阿山

温州“新天声公班”十一月初一日到此文老生顺口、文正生亚岩，文正旦岩杰、文小生亚四，文老外水永、文武老旦岩桃、文富蒙昌文(注 13)、文花旦金魁、文大花亚林、文二花亚广、文小花岩淦、文付小生芝歇、文三手岳成、武生申宝、武大花亚直、武二花亚楷、武三花亚文、武旦金魁、长班亚美、青衣岩将、当家昌文、花旦宾应、付小生小生亚连、武老生兰钦、武三花昌进、文武老小生亚楷、三手岩进、上打手诗斌、下打手石玄福、京榜亚昌、正吹岩取、大鼓亚寿、付(副)吹寿口、大锣口口、鼓板宝善、外场祥林，花旦口口王天全，当口二花亚文先生，武生口口

注 1：所录班社留字内所注的标点、符号均系编者所加。

注 2：班社留字内的(　　)及(　　)内所注无年代等字系编者所加。

注3:口表示字迹不清或拟漏写字。

注4:《杨棍花抢》拟系《杨衮花抢》之误。《铁临关》拟系《铁灵关》之误。

注5:《张口借兵》拟系姜维借兵,《对珠还》拟系《对珠环》。

注6:此条拟非戏曲班社所写。

注7:此打油诗前一首似是赌徒自吟或是时人对赌徒的警句。旧社会赌徒常有乘庙会、戏期聚赌。后一首是描写此地正月半闹元宵的情景。

注8:“舒”是“输”的错写,“伴”是“盘”的错写。

注9:“青蚂淋”、“蚯散刑”是石仓民间土话,意指青蛙、蚯蚓。

注10:旧俗,戏班每到一地演出,当地供应伙食或由村民轮流供饭菜,或当地管事供米菜由戏班自理炊事。故拟此系当地管事供付戏班米、豆时所记的账。

注11:松邑大玉台班是松阳高腔班。

注12:《王华卖父》系《王华买父》之误。

注13:“富蒙”应是“付末”。

昆曲·遂昌十番

遂昌地处浙西南山区，千溪万壑，古时交通不便，经济相对较为落后，但民间传统娱乐活动却十分盛行，尤其是戏曲和民俗文化广泛普及。其中“昆曲·遂昌十番”就是遂昌古代戏曲遗留的一朵奇葩，不仅乐器独特，形式古老，更以清丽的昆曲音调和至今依然沿用工尺谱唱谱而引得国内外专家、学者纷纷前来考察、调研。由于与明代在此任县令的汤显祖有着千丝万缕的关系，更使“十番”显得独特而珍贵。遂昌县人民政府也大力扶持和开发这一文化遗产，使“昆曲·遂昌十番”焕发出了前所未有的艺术青春。

一、历史沿革

宋元时期，南戏（俗称“永嘉杂剧”或“鹘伶声嗽”）以成熟的戏曲形式，风行于江南。据戏曲史家洛地先生考证，“隋唐时，遂昌与永嘉都属括（苍）州管辖”，亦是南戏流行区域，故有“遂昌乃宋戏文发祥地之一”的说法。明代，戏文衍化为昆山、余姚、海盐、戈阳四大声腔，遂昌受东部的松阳高腔，北部（衢州）的西安高腔、侯阳高腔影响颇深。嘉靖年间，遂昌创立了最早的戏班“蔡和班”（俗称“蔡源班”），为丽水地区古老戏曲班社之一。戏曲在遂昌，有着地域文化的优势和深厚的土壤。

十番，是一种兴起于明末，由若干曲牌与锣鼓段作轮番演奏，流行于江南民间的器乐演奏形式，一般用于春节灯会和迎神赛会的排练游行，或节目聚会、喜庆堂会的演奏。它因各地传统风俗、组合乐器、演奏形式、流行调谱的差异，有“文十番”、“武十番”、“粗十番”、“细十番”等之分，叫法不尽相同。

“遂昌十番”是各地十番中较为独特的一支，其音乐非集民间小曲，也不是光锣鼓敲打，而是古朴典雅的“南北词曲”名剧套曲器乐联奏，曲目主要是昆曲曲牌，故也称“昆曲·遂昌十番”。

遂昌县城妙高镇妙高山公园的遗爱亭和汤显祖石像

民俗文化则以庙会文化最为兴盛。宋代，遂昌石练镇石坑口村建有一座蔡相庙，祭祀五代时避难于此的蔡氏二十四兄弟。每年农历七月，石练十六坦（村）的老百姓，都要举行盛大的祭祀仪式，抬着蔡王菩萨巡游各村，祈五谷丰登，保村坊平安，旗幡鼓乐开道，甚是热闹，俗称“石练七月会”。庙会渲染气氛、娱乐助兴的需要，产生了器乐演奏队，因此，在“昆曲·遂昌十番”中，尤以“石练十番”之盛而闻名。

“石练十番”历史悠久，其形成和传播，与汤显祖有着密切的关系。明万历二十一至二十六年，汤显祖任遂昌知县。他为官清廉，勤政爱民，治理地方卓有成效，一时“醇吏声为两浙冠”。遂昌的社会经济状况有所改观，出现了百姓安居乐业，“杏花轻浅讼庭闲”的可喜局面。汤显祖对自己的政绩也颇为满意，把这个“一邑大如牛”的山城，称之为“仙县”，公余之

石练石坑口村的昆曲十番乐队

暇,和诸生讲德问字,邀好友诗酒唱和,寄情于词曲。他在遂昌任上,出版了《紫钗记》,创作了光辉千秋的传奇巨作《牡丹亭》,构思了《南柯记》。他的戏剧创作和演唱活动,推动了昆曲在遂昌的传播。

万历年间是昆曲鼎盛的黄金时期。明代的文人雅士,以唱昆曲为风雅。汤显祖在南京为官数载,结交了不少戏曲和音乐界的朋友,对昆曲大加赞赏,并学唱昆曲,且造诣颇深。他到遂昌上任,把昆曲带到遂昌,犹如随身携带的衣物,顺理成章。

遂昌汤显祖纪念馆

“水磨调”的婉转圆润,让听惯了山歌小曲的遂昌人耳目一新,老少皆学,争相传唱,同时把昆曲融入到当地民间器乐演奏之中。昆曲的传播和走向石练,也就在此时。

汤显祖在遂昌期间,足迹遍及境内的山山岭岭。石练是遂昌粮仓之一,他下乡劝农耕作,石练便是他的“视察”重点。据老艺人讲,汤显祖的《紫钗记》出版后,石练“十番”演奏队曾经捷足先登,用昆曲十番演奏其曲牌。汤显祖弃官回临州

庙会中吹竖笛老农

后，遂昌人民和汤显祖仍保持着密切的往来，他的《临州四梦》完成后，很快便传到遂昌，融入民间昆曲演唱中。明末清初，昆曲在各地广泛流布，遂昌民间昆曲的活动进一步发展，“昆曲·遂昌十番”也得到充实、完善和提高，在妙高、大柘、石练、湖山等地建立了十番队，石来年街上和柳方村还出现了大班、小班的女子番队。

清代中期，昆曲逐渐衰落，结束了它两百余年的辉煌。浙西南地区乱弹和徽戏兴起，遂昌本地出现了许多乱弹和徽戏班社，金华一带的班社也经常来遂昌各地演出。几百年来，遂昌一直便成了乱弹和徽戏流行地区。期间，遂昌也邀请了昆班来演出，当地也有人曾办过昆曲唱班，但时续时断，已不成气候，只有“石练十番”作为地方“七月会”迎神庙会活动的一项重要内容，一直延续下来。

汤显祖纪念馆内的“牡丹亭”

由此可见，“昆曲·遂昌十番”是庙会文化中的器乐演奏队，吸收了汤显祖传播的昆曲艺术，演变为专门演奏昆曲和以汤显祖《四梦》为主的昆曲曲牌的器乐坐班，至今已有四百多年历史，其内容和演奏风格独具特色。

由于历史原因，“昆曲·遂昌十番”在解放后终止了演奏。20 世纪 80 年代，该县在民间音乐调查时，发现了四五种“昆曲·遂昌十番”乐谱手抄本，并在湖山乡亦山村恢复了十番队，参加了县文艺汇演。县文化馆又根据十番乐谱改编成民乐合奏《钧天新乐》，参加省里的文艺调演。遗憾的是，那次调演后没有巩固下来。直到 2000 年冬，县文化部门的同志在石练石坑口村调研时，发现村里还有几位年过古稀的十番艺人，于是进行了抢救性保护，重新组建了十番队。2001年8月，石练十番队参加了在遂昌召开的中国汤显祖研究会（筹）首届年会的汇报演出，受到来自全国各地专家的高度评价。此后，金华、浙江、上海东方电视台和中央一台、三台、十一台都分别播放了有关汤显祖和“昆曲·遂昌十番”的专题片，引起了社会的关注。2003年3月，“昆曲·遂昌十番”被列为浙江省民族民间艺术保护工程扶持名单。2004年、2005年中央电视台连续两次拍摄制作了相关专题片。“昆曲·遂昌十番”正逐渐成为一项具有很高开发价值，体现地域特色的文化品牌。

毛泽东手书《牡丹亭》“惊梦”句

昆曲是中华文化艺术的瑰宝，被联合国教科文组织列为世界人类口头的非物质文化遗产榜首。

四百年前，汤显祖把昆曲传到了遂昌，产生了别具一格的“昆曲十番”。“昆曲十番”是汤显祖在遂昌任知县时得以传播的民间艺术，是汤显祖文化的重要组成部分，也是遂昌县民间传统庙会

“七月会”迎神巡游时一项器乐演奏形式。以农民演奏为主题，主要分布在妙高、大柘、石练、湖山等地。乐曲由笙、箫、云锣、梅管、提琴、扁鼓、双清、三弦等乐器演奏《牡丹亭》、《紫钗记》、《南柯记》、《邯郸记》、《长生殿》、《浣纱记》等传统剧目的昆曲曲牌，其音乐非集民间小曲，也不是光锣鼓敲打，而是古朴典雅的“南北词曲”名剧套曲器乐演奏。演奏方式分室内和室外两种，室内主要在喜庆堂会与闲暇假日设座演奏，室外为迎神庙会和元宵灯节排街游行。由于各地流行的调谱有异，编制不等，有“文、武”之别，石练镇附近区域流行“文十番”为主，湖山乡附近区域流行“武十番”(演奏乐器增加打击乐)为主。“昆曲十番”演奏传统的昆曲曲牌，可谓别具一格，它是遂昌特有的民间艺术珍品。四百年后的今天，遂昌人民满怀对汤显祖的遗爱，“昆曲十番”再度传承，发扬光大。

纪念馆内汤显祖塑像

据浙江艺术研究所研究员、博士生导师洛地等有关专家考证，昆曲十番演奏的曲谱和邻近的金华、永康草昆不同，属于正昆一脉，其演奏风格和内容独具特色，是遂昌民间宝贵的文化遗产，也可以说是当今全国独一无二的民间艺术瑰宝。2001 年 8 月，昆曲十番参加了在遂昌召开的中国汤显祖研究会首届年会汇报演出，受到了来自全国各地专家的高度评价，其中上海戏剧学院叶长海教授指出：(1) 遂昌县石练镇这种带有乡土气息的演唱，属于劳动人民自己的文化品种，乡民喜爱；(2) “打十番”现在全国能演出的已极为罕见，从演奏风格(包括所使用的原乐器)上看，有研究价值;(3)农民唱昆曲,别具一格,中国昆曲已被列为世界文化遗产,遂昌县由于历史原因(如汤显祖任过知县,而且代代百姓都怀念汤显祖等),出现了农民唱昆曲的奇迹,引起研究者高度的重视;(4)农民的演唱曲调还有一部分因素是与流行的昆曲不同,可能属于比昆曲更古老、纯朴的腔调(如永嘉"昆腔"、金华"草昆"之类)亦引起注重。此后丽水、金华、浙江、上海东方卫视和中央一台、三台、十一台都分别报道了有关汤显祖和"昆曲十番"的专题片,引起了社会的关注。2003年3月,"昆曲十番"被列为浙江省民族民间艺术保护工程扶持名单。2004年、2005年中央电视台连续两次拍摄制作了相关的专题节目,其中2005年4月10日,中国传媒大学文学院院长苗棣和中央电视台频道"戏曲采风·文化周刊"编导郭振元率领组来到遂昌拍摄汤显祖文化专题片。在评价昆曲十番时,郭振元编导说:"我认为,'昆曲十番'甚至比云南纳西古乐更具有文化研究价值,它不仅有着极高的文化研究价值,更是全国独一无二的民间艺术瑰宝。"还说:"时至今日,遂昌的老艺人们还看着工尺谱,唱着《牡丹亭》,而四百年前,《牡丹亭》的作者汤显祖就在这片土地上为官亲民,这本身就有着无穷的文化吸引力。""昆曲十番"正逐渐成为遂昌县一项具有很高开发价值,体现地域特色的文化品牌。

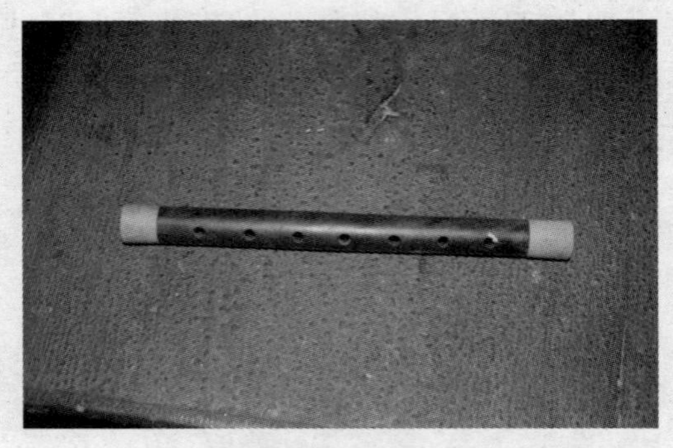

十番乐器之一——管子

目前,遂昌县根据《遂昌县"汤显祖文化"发展规划》的总体要求,已制定了《打造昆曲十番文化品牌实施方案》,适时将成立昆曲十番古乐坊。同时"昆曲十番"已在石练、湖山恢复了2支农民演奏队，有演奏人员40余人，乐队乐器、队员服装全部齐全，平时他们在农忙之余经常坐在一起排练学习。为了提高“昆曲十番”演奏水平和扩大“昆曲十番”知名度，在县城由县文化馆牵头组织了县婺剧团乐队老师以及文化馆退休老师等人成立了县“昆曲十番”演奏示范队，承担着“昆曲十番”对外文化交流和辅导农民“昆曲十番”演奏队的作用。为了培养更多的民间艺术新人，2005年在遂昌县实验小学成立了“汤显祖文化传承学校”，在石练镇中心小学成立了“昆曲十番”传承学校，在十番原生态保护村——石练镇石坑口村建立了“昆曲十番传习基地”，共有100多名青少年、30多名民间爱好者学习、传承“昆曲十番”，他们将共同承担保护、传承、开发“昆曲十番”的任务。

昆曲传习学校的孩子们

2006年6月10日，为庆祝我国第一个“文化遗产日”，“昆曲十番”演奏示范队赴杭州参加“浙江省首届民间文化艺术节暨第七届广场文化艺术节开幕式”表演，在杭城一展“昆曲十番”的风采。

二、“昆曲·遂昌十番”代表人物和代表作品

明万历二十一年至二十六年，汤显祖任遂昌知县五年，他勤政爱民，为官清廉，公余之暇，和诸生讲德问字，邀好友诗酒唱和，推进了昆曲在遂昌的传播。当地群众传习昆曲，把昆曲演奏运用于民间喜庆活动之中，遂昌石练镇“七月会”的迎神活动采用了这种形式，“昆曲·遂昌十番”由此而形成。

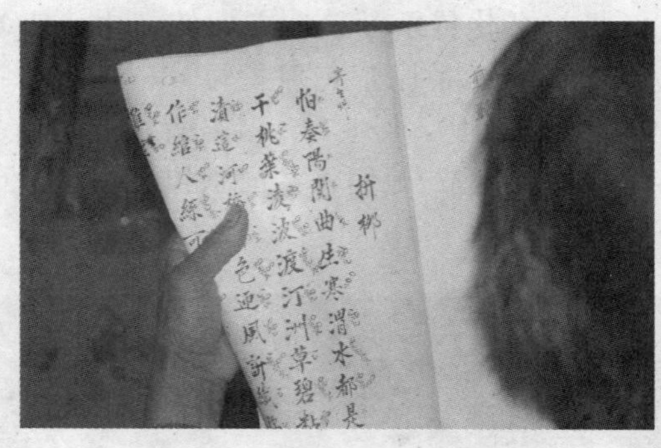

唱工尺谱《折柳》唱段的女村民

历经数春秋，“昆曲·遂昌十番”作为遂昌民间一项重要的集体活动一直延续下来。由于历史原因，“昆曲·遂昌十番”在解放后终止了演奏，大部分老艺人都已谢世。如今，在遂昌县石练镇石坑村还有几位年过古稀的十番艺人，可以说他们也是“昆曲·遂昌十番”的传后人或是代表人物。他们分别是：赖喜能、萧根其、赖强富、刘新华、黄家强、黄家法、王观元、赖新扬、赖新贵、赖新洪、赖永华。

“昆曲·遂昌十番”以演奏汤显祖《四梦》为主，代表作品有《牡丹亭》、《紫钗记》、《邯郸记》、《长生殿》、《浣纱记》等昆曲曲牌。

作者与田耀农教授采访石练十番健在的最老的艺人赖喜能赖广能兄弟

2006 年春节遂昌县城唱大戏时的情景

缙云的民间戏曲现象

缙云县的老百姓特别爱看戏，已有悠久的历史了。作为国家级风景区——仙都和黄帝祠所在地，古往今来，缙云就是婺州通往处州的必经之地。南宋时期，大量的“路歧人”来往于杭州、金华、丽水、温州等地，因此，缙云老百姓养成了喜欢看戏的习惯。一年

浙江日报 5-8

钱塘 周末

缙云民间剧团：

“星”光灿烂农家乐

《浙江日报》对缙云民间剧团的专题报道

360 天，几乎天天在演戏。至今，走在缙云县的大街小巷，经常会遇见化好妆或未卸妆的演员在逛街。仅缙云县的民间戏曲剧团就多达 30 余家，由于与金华接壤，所以都以婺剧为主，长年活动，久兴不衰。而且演出范围大，与周边的仙居、永康、东阳、丽水、武义、义乌等地有着十分密切的戏曲交流。缙云当地的农民更是喜欢看

戏，每逢节日、庙会、喜事总是设法邀请地方甚至是外地的剧团前来演出。

特别是缙云农村至今还保留着集市和会风俗，如每年农历二月初七，缙云县唐市村都要举行盛大的传统灯会活动，当晚家家户户张灯结彩，四方群众如潮般涌入，把整个唐市挤得水泄不通。唐市分上、中、下三个自然村，每个自然村都有戏院和龙灯。首先进行的是传统的舞龙灯比赛，此时车水马龙、鞭炮齐鸣、锣鼓震天，好不热闹；接着就是到戏院看戏，这是最重要的内容！

王建武在缙云唐市村演戏现场调研

缙云二月初七庙会《芦花荡》剧照

三个自然村的戏院同时上演，剧种主要是本地老百姓喜欢看的婺剧，上演的也大都是传统的剧目，但所请的剧团和所演的剧目却不相同，如 2006 年的二月初七就有：杭州市千岛湖婺剧团的《天之娇女》、《虹桥赠珠》，缙云小百花婺剧团的《江南第一家》、《僧尼会》和永嘉婺剧团的《王华买父》、《芦花荡》等等，观众座无虚席。唐市村如此，其他村镇也不例外，大凡逢年过节、婚丧喜事、寿诞宴请、社火庙会等活动，看戏都是必不可少的。这种旺盛的民间戏曲现象，成了一道独特的风景线，该县因此成了丽水市民间职业戏曲演艺的基地。

缙云二月初七庙会《僧尼会》剧照

武义木偶戏

武义，在丽水松阳的北边，古时境内有属于处州（今丽水）的宣平县，因此在民间音乐文化上受到松阳和遂昌的影响，其木偶戏音乐不仅有金华婺剧的音乐特点，在表演方式上也受到松阳高腔等戏曲音乐的影响，所以武义老百姓十分喜欢民间戏曲，而木偶戏就是在这种环境中滋生出来的地方戏曲形式之一。

木偶戏，在民间又称傀儡戏。武义木偶戏历史悠久，在明代时，武义山下鲍村村民鲍昌林就曾组织过一个木偶戏班，当时“名动乡里，尤其是唱功十分出色，不论男女声，听着辨不出真假”。

现在的武义木偶戏主要指提线木偶，戏班以家族形式组成，自制木偶，自缝木偶袍，演员一般由四至六人组成，一至二人在幕后表演，三至四人在后面伴奏帮腔。演出唱腔主要是婺剧，故称“武义婺剧木偶戏”，兼唱松阳高腔、乱弹及徽戏。

武义郭洞村何氏宗祠的古戏台“佾庭”

目前，浙江省木偶戏最兴旺的地方就是武义和丽水的遂昌、缙云一带，而在武义的10多个木偶戏剧团中，大溪口乡山下鲍村涂立平夫妇的武义婺剧木偶戏团最受欢迎。20多年来，涂立平的足迹几乎遍布宣平、遂昌、缙云等地山区的每一个山村。其表演的婺剧木偶经典剧目《文武八仙》曾应邀参加中国沈家门渔港民间文化大会，引起观众强烈共鸣，新华社还为此发了专稿。

武义县山下鲍村艺人在表演木偶戏《夫人戏》——蓝孝文供稿

武义农村十分喜爱自己家乡的木偶戏——蓝孝文供稿

附：

部分古戏台楹联

一、温州苍南马站“霞风宫”戏台楹联

1. 请看千金妙语有书声
   且读一部春秋无字画
2. 天下事原无真处
   个中人莫作戏看

二、温州仓南蒲门镇“晏公庙”古戏台楹联

1. 时和年丰阎闾胥乐
   波停浪静江海风纬
2. 假哭啼中真面目
   新散歌里旧冠裳
3. 海国扬灵疆鳄浪
   山城歌祝丰树浆
4. 秋日歌扬报盛丰
   春宵灯市同民乐
5. 德其盛矣乎
   神而一者也

三、温州平阳城隍道院戏台楹联

一声箫管几千秋
半座楼台数万里

四、温州平阳县腾蛟镇薛岙村“忠训庙”古戏台楹联(前：作如是观；后：乐似春归)

1. 作样装模活千古许多豪杰
   耕经粹史做一篇出色文章
2. 往古来今不过如斯而已

惩奸赏善莫谓与我何加

五、江苏同里古镇古戏台楹联

盛世唱和五韶奏

钧天雅乐八音和

六、松阳县戏台楹联

1. 松阳县谢村乡李山头村戏台楹联

见羽旄之美乡人皆好之

闻弦歌之声贤者亦乐之

2. 松阳县新处乡竹垒村郑氏宗祠戏台楹联

是非邪正等闲看去

善恶殃祥任凭报来

3. 松阳县新处乡岗头村叶氏宗祠戏台楹联

① 聊借伶优作古人

还将旧事从新演

② 道尽天下奇饶事

说遍世上善恶人

4. 松阳县安民乡安岱后村社庙戏台楹联

斯人莫道世间无

此曲须知天上有

5. 松阳县梨树下村古戏台楹联

玉振金声开原府

霞飞云遏拥桥门

七、青田县温溪镇古戏台楹联

文中有戏戏中有文识文者看文不识文者看戏

调中藏音音中藏调懂调者听调不懂调者听音

横批：一时千古

八、遂昌县戏台楹联

1. 石练镇石坑口村蔡相圣殿戏台楹联

① 莫道台上衣冠是假

休认眼前富贵为真

② 看世事沧桑借鉴过去

数风流人物还看今朝

2. 城隍庙戏台楹联

① 看尽卅六行中酌遍金杯满酒

疑是廿四桥畔吹来立笛梅花

② 欣戚悲欢演出来，疑是昔年真面目

忠孝节义看完了，才知当局苦心肠

③ 名场利场，即是戏场，俗士无知，都向世间做出

恶报善报，终须有报，谓予不信，但从台上看来

3. 大柘夫人殿戏台楹联

自此做出来，善则弱，恶则强，谁人依服

直等看完了，恶者灭，善者昌，吾也心平

4. 大柘尹社戏台楹联

善恶忠奸到头有报

功名富贵转眼皆空

5. 定郑祠戏台楹联

六礼无呈，顷刻洞房花烛

五经未读，转眼金榜题名

6. 官塘毛祠戏台楹联

金榜题名空荣任

洞房花烛假姻缘

7. 村上官祠戏台楹联

金印玉簪双冠诰

银桃荆钗满床笏

8. 金竹华溪包祠戏台楹联

① 命世英雄先多落魄

欺命权贵后必灭门

② 是色是空空是色

非真非假假非真

③ 长笛数声山水绿

秋风一曲凤凰归

9. 王村口天后宫戏台楹联

① 自古奸邪无结局

由来忠孝有团圆

② 纬武经文,尽皆韬略

嘻笑怒骂,俱是文章

九、缙云县戏台楹联

1. 三溪雅宅村王氏宗祠戏台楹联

月在寒坛花在镜

玄中幻想色中空

2. 靖岳乡一村戏台楹联

绘一幅有声图画

写几篇没字文章

3. 舒洪镇岭口村丁文邵先生为紫云班撰联

① 紫阁演梨园故事

云台表世界伟人

② 金鼓声催雷起舞

玉箫叠奏月当头

十、永嘉县岩头镇塔湖庙古戏台楹联

1. 由人作息扮成生旦净丑

以口传情演尽离合悲欢

2. 才子佳人开幕含笑来

帝王将相上台带威出

十一、武义县郭洞村古戏台(佾庭)楹联

1. 春富贵双红百子图

永团圆全福五星聚

2. 莫显作传奇演尽

须学他耀祖光宗

十二、松阳县新兴乡内孟村孟氏宗祠壁题

1. 鸣锣击鼓结彩楼
 男人装作女人头
 忽然少装忽然老
 容易欢心容易愁
 人生有子须当教
 莫学此徒荡荡游

2. 世事纷纷如戏场
 为人切莫喜洋洋
 楼台一座演前古
 仔细看来要善良

十三、其他地方的戏台楹联

浙江余杭“杨乃武与小白菜”纪念馆戏台楹联

① 换羽移宫叠奏和平之乐
 载歌且舞特传忠孝之情

② 或为君子小人或为才子佳人登台便见
 有时欢天喜地有时惊天动地转眼皆空

作者随导师田耀农教授在松阳古村界首村调研后留影(王建武摄)

作者与著名永嘉昆曲专家沈沉先生在一起(王建武摄)

作者与松阳高腔研究所所长刘建超先生交流(叶树兵摄)

作者采访平阳戏曲专家徐兆格先生后留影(王建武摄)

作者采访永嘉昆曲研究所所长、永嘉昆剧团团长夏志强先生后合影(王建武摄)

作者采访松阳高腔指导师金康法先生后留影(叶树兵摄)

后 记

当我在浙江南部的温州、丽水等地寻踪南戏时，终于明白，南戏是寻不尽的，因为，南戏早已化作无形的精神，深深地溶解、溶化和融入在当地的地方戏曲艺术之中，早已深深地扎根在当地人民的心中。那古老的乡野，那迷人的地方剧种，那保留下来的曲曲唱腔和那全神贯注、心随戏走的观众眼中，南戏是无形的，但南戏是有神的。

由于南戏本身的复杂性、衍变性和模糊性，本课题涉及的许多内容在历史性、区域性、专业性以及例证性方面还都是十分肤浅和有局限的，谬误定当不少，当这本册子复印后，心中的忐忑不言而喻。

首先，要感谢我的导师田耀农教授在百忙中对我的鼓励和指导，并感谢夏志强先生、刘建超先生、徐兆格先生、沈沉先生等在史料素材上真诚无私的关心，感谢西泠印社出版社江吟社长的无私帮助，感谢课题组王建武、蓝孝文先生的全力配合。

敬请各位读者批评指正。

注：文中照片除署名外，均为杨建伟拍摄。

本课题组成员（从右至左）杨建伟、蓝孝文、王建武在丽水莲城武村调研（摄影：吴涤）

图书在版编目(CIP)数据

南戏寻踪：南戏现代遗存考/杨建伟编著. —杭州：西泠印社出版社，2007.8
ISBN 978-7-80735-231-0

Ⅰ.南... Ⅱ.杨... Ⅲ.南戏—戏剧史—研究—中国 Ⅳ.J809.2

中国版本图书馆 CIP 数据核字(2007)第 120478 号

南戏寻踪：南戏现代遗存考

责任编辑：叶康乐
责任出版：李　兵
封面设计：项瑞华
出版发行：西泠印社出版社
地　　址：杭州解放路马坡巷 39 号　(邮编：310009)
经　　销：全国新华书店
印　　刷：杭州余杭大华印刷厂
开　　本：850×1168　1/32
印　　张：6.625
印　　数：2 000
版　　次：2007 年 8 月第 1 版　2007 年 8 月第 1 次印刷
书　　号：ISBN 978-7-80735-231-0
定　　价：28.00 元